メディアワークス文庫

15歳のテロリスト

松村涼哉

「新宿駅《しんじゆく》に爆弾を仕掛けました。これは嘘《うそ》ではありません」

爆破予告は、動画共有サイトにアップロードされた。

動画内では、一人の少年が淡々と言葉を述べる。

「全て、吹き飛んでしまえ」

誰もが冗談だと思った。

動画のコメント欄には、警察への通報報告や、少年に対する罵倒や中傷が続く。彼の発言を本気にする者など誰一人いなかった。

だが、嘘偽りではなかった。

それから僅か一時間後。

一月十五日、火曜日の八時十七分、ＪＲ新宿駅中央線ホームが爆発する。

首謀者と思われる少年の情報は、すぐに出回った。

都内の通信制高校に通う少年。

十五歳。

日本全土を揺るがす少年犯罪の幕開けだった。

1

『日付が進まなくなるんですよ』

それは、長谷川《はせがわ》の言葉だった。

初めて取材した時、彼は苦渋に満ちた顔で口にした。

『事件が起こった日から、一日も進まなくなる。カレンダーを破っても、腰痛が悪化しても、それこそ年が変わっても、ずっと止まったままなんです。事件が起きた日が、まるで今日のように感じられるんです』

長谷川は、ある少年犯罪の被害者だ。正確には被害者の遺族だが、被害者と言い表すしかない。彼もまた生活を壊された人間なのだから。

安藤《あんどう》は、時折、彼の言葉を思い出す。

日付が進まない。

どれだけの時間が経《た》とうと、心の傷は癒えない。時間が全ての感情を風化させると人は言うが、それは納得いく解決ができた時だ。事件がもたらした結末が不条理な場合、そう簡単にはいかない。時間が流れても、苛立《いらだ》ちと虚《むな》しさが募るだけだ。

少年犯罪の現場では、そんな被害者と頻繁に出会う。

だからこそ、自分は記者として動くのだろう。

少しでも彼らの日付を進めたくて。

「安藤さんのおかげで、少しだけ、時間が動きました」

そんな言葉を安藤が聞けたのは、長谷川と出会ってから半年が経った頃だ。

「ようやくね、納得がいったんですよ。加害者がどれだけ酷《ひど》い奴《やつ》なのか、警察も家裁もまったく教えてくれなかったから」

目を赤く腫らした長谷川が頭を下げる。

安藤は頭をあげてほしいと伝えた。

「少年審判では、少年同士のケンカ、という内容で審理が進んだそうですね」

語りかけると、長谷川はため息と共に口にした。

「でも、安藤さんの取材によると、実際は一方的な暴行だったんですね？　現場には、息子以外に五人も少年がいた。五対一のケンカなんてあるわけがない。息子は呼び出されてリンチに遭ったただけだ。なのに、まるで息子にも非があったように供述調書には書かれている。検察がまったく捜査してくれなかったということですよね？」

安藤は頷《うなず》いた。

加害者の年齢は、当時、十三歳だった。触法少年——十四歳未満、つまり刑事罰に問えない年齢だ。検察が関与できる事件ではないだろう。

長谷川の息子を奪った少年には、少年院送致の決定が下された。

十三歳という年齢を考えれば、もっとも重い処分。けれど、被害者は納得はできないだろう。

「長谷川さんは、民事裁判は起こされますか？」

安藤が尋ねると、長谷川は力強く頷いた。

「はい、もちろんです。金が全てではないですが、少しでも多額の賠償をさせたい」

「惜しみなく協力しますよ。記事には書けなかった情報もお話しします。証人になってくれそうな人も心当たりがあります」

「そこまでしていただいて、いいんですか？　お忙しいでしょうに」

「記者だからですよ」

安藤は手を差し出した。

「少しでも息子さんの無念が晴れるように。頑張りましょう」

長谷川は安藤の手を取り、何度も嬉《うれ》しそうに握った。

目じりに皺《しわ》がよっている。半年前より朗らかな笑顔だった。

彼に別れを告げて、安藤は会場を見渡す。講演は終了したが、会場にはまだ大勢の人が残っていた。顔なじみの参加者同士が互いの近況を報告し合っている。

二百人ほどが収容できるフロア。

その正面には垂れ幕があった。

『少年犯罪被害者の会』

行われたのは、被害者遺族による講演、専門家からの近年の少年犯罪の現状、それから、それを取り巻く少年法についての説明報告。

この会は、二か月に一度、開催される。安藤もできるだけ会場に足を運んでいた。

「安藤さん、お久しぶりです」

背後から力強い声が聞こえてきた。

振り返ると、真っ黒のスーツを纏《まと》った大柄の男性が立っていた。

「比津《ひづ》先生」安藤は頭を下げる。「こちらこそお久しぶりです」

「先生はやめてください。そう呼ばれるのは好きではありません」

大柄の男が苦笑する。

比津修二《しゅうじ》。法務委員会に所属する衆議院議員だ。与党で活躍し続ける若手議員である。外見は凛々《りり》しく、数年前、政界進出時には話題の人となった。少年犯罪に対して急進派で時折、過激な発言が批難されることもあるが、実際に質疑に立つ姿には覇気がある。ただのお飾り議員とは違う、それが安藤の印象だった。

比津とは、この会合で知り合った。

彼も忙しい合間を縫って出席しているようだ。

「先月の週刊リアルの記事、書いたのは安藤さんでしょう？　加害者の生い立ちにまで迫っていて、とても読み応えがありました」

安藤が書いてきた記事や切り口への賞賛は、リップサービスではないらしい。

署名記事ではなかった。よほど読み込んでいないと、書き手のクセまでは気づけない。

「比津さん、法改正に関して、何か進展がありそうですか？」

「いえいえ、安藤さんもご存知でしょう。少年法の適用年齢引き下げの議論は、着実に進んでいます。ただ、弁護士や更生に携わる人間からの反発が激しい」

それは、民法の改正から始まった議論だ。選挙権や民法だけでなく、少年法の適用年齢も二十歳未満から十八歳未満に改正されようとしている。

この議論にはどんな決着がつくだろうか。

安藤自身もハッキリとした予測が出せなかった。

「まぁ、反対派の主張も理解できますよ」比津は苦々しい笑みを浮かべた。「少年法には、成人なら不起訴になる事案でも、家庭裁判所で審理する原則を定めていますからね。適用年齢を引き下げると、非行少年を野放しにする懸念がある。私は引き下げには賛成派ですが、十八歳、十九歳の改正には議論の余地が山ほどあることは否めませんね」

「十八歳以上の加害者少年への厳罰も、まだ議論が続きそうですね」

少年法の改正に時間がかかるのは、今に始まった話ではない。

安藤は尋ねた。

「つまり、十八歳未満の更なる厳罰は先が遠い、と？」

比津が同意した。「ええ、次の改正には、時間がかかるでしょう」

一度、法律が変わると、その改正がもたらした影響が確認されるまで、議員や官僚は次の改正に躊躇《ちゅうちょ》する。十八歳以上の少年を対象にした法改正に数年かけ、その効果を見ることに更に数年、それから、十八歳未満の厳罰について議論を始めて、もう数年。更なる改正には、相当の時間がかかるのは明らかだった。

比津がため息と共に口にした。

「国民の不満は、本来はこちら、十八歳未満に関わる法律でしょうね。十八歳以上は、現行法でも死刑執行も可能です。問題は国際法上、極刑を執行できない十八歳未満の非行少年をどう裁くか、だ」

それは間違いないだろうな、と安藤も首肯した。

誤解されがちなのだが、加害者が十八歳以上ならば死刑判決は下せる。死刑判決が下されない場合、それは少年法ではなく、裁判所の死刑基準の問題だ。

比津は説明を続けた。怒りがこもっているのか、声が大きくなる。

「未成年は、凶悪犯罪とみなされない限り、非公開の和やかな少年審判で処され、前科さえ残らない。実名報道もされず、少年院送致が決まっても、長期処遇でも原則二年以内。だいたいは一年や半年で社会に戻ってくる。十八歳未満は死刑執行ができず、無期懲役相当の事件の場合でも、有期刑に減刑できる。十四歳未満に至っては、どんな悪行でも罪に問うことすら難しい」

比津は吐き捨てるように口にした。

「処分が甘いと言わざるをえない」

さきほどの長谷川の表情を思い出した。

苦渋とやるせなさに満ちた瞳。

「そうですね」と相槌《あいづち》を打つ。「被害者の方々が納得できる法律とは、かけ離れている——それが現状でしょうね」

二〇一四年にも、少年法の改正が行われた。厳罰化の方向に動いたが、被害者が完全に納得するような改正ではなかった。

いくつかの少年法の条文を思い出す。

第五十一条『罪を犯すとき十八歳に満たない者に対しては、死刑をもって処断すべきときは、無期刑を科する』、第二十二条『審判は、懇切を旨として、和やかに行うとともに、非行のある少年に対し自己の非行について内省を促すものとしなければならない』『審判は、これを公開しない』、そして、第六十一条の『記事等の掲載の禁止』。

批難の声があがるのは、これらの条文だろうか。

非行少年に対して、国が手厚く保護することに反発の声は大きい。

それを裏付けるように、少年法で守られる凶悪犯罪者を題材にしたフィクションも数多くある。それだけ憤りを感じる人間が多いという証左だろう。

当然、安藤も現行の少年法に懐疑的な人間だ。

比津は演説するかのように締めくくりの言葉を述べた。

「安藤さん、今一度、国民が少年犯罪と向き合う時がやってきました。私はそう思います。記者と政治家、お互いの立場こそ違いますが、共に励みましょう」

国民受けしそうな政治家らしいセリフだ。

内心で笑ってしまう。

だが、決して外には出さず、同意を表してみせる。

挨拶を交わして、比津に別れを告げた。声をかけるべき相手は他にもいる。記者としての正義感もあるが、それと同時にビジネスの場でもある。安藤は少年犯罪を専門にする記者だ。この会の参加者は取材対象でもある。

改めて手帳を確認する。まだ声をかけてない人はいるだろうか。

そこで、ふと気がついた。

そういえば最近『あの子』が来ていない。


その日、安藤が自宅に戻ったのは深夜だった。

新宿区内にあるマンションだ。一人暮らしの2LDK。同居人はいない。

かつてはいた。

部屋に飾られた写真を見る。一人の女性が優し気な笑みを浮かべていた。

井口美智子《いぐちみちこ》。大学時代から安藤と付き合っていた女性だ。

日付が進まなくなるというのは間違いないな、と安藤は考えた。

あの事件からもう三年が経つ。だが、瞳を閉じれば、昨日のことのように思い出せた。まだ美智子と同居していた日々を。疲れた顔で口にした愚痴から、彼女がよく焼いてくれたバタークッキーの味まで。

安藤は簡単な食事を済ませると、すぐベッドに倒れた。テレビはニュース以外見る習慣もないし、付き合いを除けば酒も嗜《たしな》まない。家に帰れば、寝るだけだ。三年前から仕事以外にすることが見つからない。このまま眠るつもりだった。

直後、比津の言葉が脳裏をよぎった。

『安藤さん、今一度、国民が少年犯罪と向き合う時がやってきました』

政治家らしい大仰な言葉だ。少子高齢化も非正規雇用についても、政治家はとにかく大きな言葉を使いたがる。

もちろん、より多くの人間が少年犯罪に関心を持てばいいと思う。だが、皮肉にも人々が少年犯罪に興味を持つのは、いつだって凶悪犯罪が発生してからだ。そこには必ず、被害者が存在する。

自分のように恋人を奪われた人間も。

少年犯罪と向き合わないといけない事態など起きないに越したことはない。

安藤はすぐに眠りに落ちた。

比津の言葉が、まさか予言になるとは考えもしなかった。

けたたましく鳴る着信音で、安藤は目を覚ました。

スマホに手を伸ばす。編集長の小林《こばやし》からだ。「安藤、すぐに来い」と有無を言わせぬ命令が下される。朝の挨拶もない。よくあることだ。

自分を呼び出すということは、少年犯罪絡みのことだろうか。

嫌な気分だ、と吐き捨て、安藤はすぐに支度を整えた。

自転車を走らせる。一月半ばの朝だ。冷え込みに耳が痛くなる。寒風に眉を寄せながら、無心でペダルを漕《こ》いだ。

「週刊リアル」の編集部は代々木《よよぎ》駅近辺にある。

駅に近づくにつれ、安藤はすぐ異変に気がついた。普段より歩行者が多い。多くの人が立ち止まって、スマホを睨《にら》んでいる。タクシー乗り場には渋滞ができていた。

電車が停《と》まっているようだ。

なぜだろう。雪が降った訳でもないのに。

歩行者の数に戸惑いながら、安藤は編集部に辿《たど》り着《つ》いた。安藤が所属している「週刊リアル」の編集部には、整理整頓という言葉は存在しない。どの机の上にも夥《おびただ》しい量の書類が積まれていて、職場には誰がいるのかもすぐには判断できない有様《ありさま》だ。

書類の山を崩さないように、小林の机に向かう。デスクでは、恰幅《かっぷく》のいい男がパソコンの画面を睨んでいた。小林だ。

小林は安藤に気づき、パソコンを指差した。

「安藤、この動画のガキに見覚えはあるか?」

「動画?」

「今朝方、犯行予告がネットにあげられて、URLが各鉄道会社に送られたらしい。電車が停まっているのは、これが原因だ」

有名な動画サイトだ。該当の動画の再生数は三万程度。

灰色の壁を背景に、一人の少年が立っていた。

整った顔立ちの少年だ。目鼻の線がハッキリしていて、瞳が大きく見開かれている。肌は白く、まだ幼さの残る顔つきも相まって、どこか中性的な雰囲気があった。

少年は告げた。

『この犯行予告が真実である確実な証拠は出せませんが、代わりに、冗談ではないことを示します。ボクの個人情報です。名前、年齢、学校等を順番に読み上げていきますね。渡辺篤人《わたなべあつと》、十五歳、学校名は――』

少年は躊躇なく言葉を続ける。

なんだこれは。

画面から目が離せない。動画の中では、少年がカメラを睨みつけている。

『新宿駅に爆弾を仕掛けました。これは嘘ではありません』

少年は、吐き捨てるように言った。

『全て、吹き飛んでしまえ』

意味深な言葉と共に動画は終わった。

安藤の口から呻《うめ》き声が漏れた。

この少年は――。

小林が「安藤？」と尋ねてくる。

一旦、深呼吸をする。ため息と共に、言葉を吐き出した。

「悪質なイタズラでしょうね。あるいは、イジメの加害者に強要されたとか」

「前例は？」

「爆破予告や殺人予告をネットに書き込む例は知っています。犯罪行為を撮影して、ネットにあげた例も。ですが、自身の顔と名前を晒《さら》して犯行予告するなんて前例、知りませんね」

「鉄道を緊急停止させるのに十分な事情ってことだな。このガキの末路は？」

「悪質ですが、十五歳ですからね。家庭環境にもよりますが、少年鑑別所に行ったあと、保護観察《ホゴカン》か、院じゃないですか？」

「さすがに刑務所じゃないのか？」編集長が目を細める。

安藤は、首を横に振った。

非行歴がなければ、おそらく保護観察処分になるだろう。

「よし。安藤」編集長がどこか楽しそうに手を叩《たた》いた。「適当な専門家からコメントもらってこい。類似する事件と関連させて、記事にまとめてくれ。平日の朝っぱらから電車を止めたんだ。話題性は大きいぞ」

「分かりました」

編集長に急《せ》かされて、自身のデスクに向かう。机に積まれた書類を退《ど》けて、パソコンを起動させる。安藤は改めて問題の動画を確認した。

間違いない。

何度見ても、見間違いではない。安藤の知っている少年だ。

どうしてこんな馬鹿げたことをしたんだ。

気は乗らない。だが、編集長には報告するしかない。

席を立った瞬間、編集部に電話が入った。

電話をとった同僚が対応する声に焦りがある。受話器を置くと、彼が叫んだ。

「新宿駅で爆破音があったようです！」

小林の判断は速かった。

安藤が事件の担当となった。事件の規模を考慮してサポートが一名ついた。サポートに加わったのは入社したばかりの新人記者、荒川《あらかわ》という男だ。担当は芸能で、普段はベテラン記者の使い走りをしている。どういうわけか記者には、専門分野によって個性が出てくる。芸能専門の記者は、明るく話し好きが多い。荒川はその典型だ。髪が長く、若々しい男性記者。就活中の大学生と見間違えるような男だ。

編集部から出ると、安藤は荒川の背中を叩いた。

「ただでさえ少年犯罪は面倒だ。気合い入れろよ」

安藤のかけた発破に、荒川は不服そうな声をあげた。

「本当にこれ、少年犯罪なんですか？」

「何が言いたい？」

「まだ爆弾の規模は分かりませんが、子供が爆弾なんて用意できるんですか？　爆破予告には未成年者を使っただけで、裏に黒幕がいるのかもしれませんよ」

「過酸化アセトンの事例がある」

荒川が「なんですか、それ」と聞き返してくる。

「『悪魔の母』なんて大仰な名前がついている。フランスでは、実際にテロで使われた爆弾だ。管理は難しいが、製造自体は簡単なんだ」

「十五歳でも作れる、と？」

「日本では、十九歳の少年が製造した事例がある。十五歳にだって可能かもしれない」

製造法はネットを探せば見つかるだろう。材料だってごく簡単に手に入る。

もちろん、製造と実際に爆破させることはまったく違う話だ。実際に爆破事件を引き起こすには、運搬や起爆装置等、更に細かな技術が必要になる。

まさか実際に引き起こせるなんて思いもしなかった。

「それに、黒幕の可能性については何とも言い難《がた》いな」安藤は言葉を続ける。

「どうして？」

「俺はこの少年を知っている」

安藤は、彼を思い出した。

「渡辺篤人。大人しく、優しい目をした、犯罪組織とは縁遠い子だよ」

だからこそ分からなかった。

彼がテロリストに堕《お》ちるまで、一体何があったのか。


安藤はすぐに知る。

爆破があったのは、平日の新宿駅。八時十七分。

ＪＲ中央線ホームに置かれたスーツケースが爆発した。現場には、漏斗孔《ろうとこう》と呼ばれる生々しい爆破の跡が残された。すり鉢状に抉《えぐ》られたホームの写真は、爆弾の威力を物語る資料として真っ先に報じられた。

渡辺篤人のテロは、日本中を震撼《しんかん》させることになる。

2

ボクは『声』を見つめる。

日課のようなものだ。

真っ暗な場所で、そっとスマホを起動させて、ある記事のページを開く。

ニュースサイトには無数のコメントが並ぶ。汚い罵詈《ばり》雑言《ぞうごん》や温かい慰めの言葉。大抵は、事件に対する怒りの訴えだ。

無数の『声』だ。ボクは一言一句逃さずに読み上げる。

そのページを見ている間、ボクの左手は二つの物に触れている。スノードロップの花がラミネート加工された一枚のカード。枯れた花びらが保存されている。そして、使い古された包丁。二つともボクの宝物だった。

スマホの電源を落とせば、ボクは暗闇に包まれる。

視界には、ただ黒が広がっていた。

耳には、さきほどの『声』の残響が残っている。

このルーチンをこなして、ボクの気分はようやく安らぐ。

・・・

雪の道に、一人の少女が佇《たたず》んでいた。

寒い町だった。まだ十一月下旬なのに、雪が降っている。既に何日も降り続いているのか、道の脇には雪山ができていた。東京ではパニックが起きそうな降雪量だが、今この瞬間も雪は舞っている。灰色の雲が太陽光を遮っていて、とにかく冷え込んでいる。ただ屋外にいるだけで凍死するかも。

ボクは、そんな町を訪れていた。

そして、一人の少女を見かける。

彼女は雪の中、傘もささずに立っていた。女子高生か、女子中学生だろう。分厚いコートの下からは、紺色のスカートが見え隠れしている。制服だろう。

少女は道路脇に立ち、畑を見つめている。何か育てているのだろうか。

彼女は、何をしているんだ？

少女の頭の上には、雪が積もっている。向こうもボクの存在に気がついたらしい。

目が合ってしまった。

ボクは驚いた。少女の顔には、見覚えがあった。

整った顔立ちで、右目にある泣きぼくろのせいか儚《はかな》げな印象を与える。美しく伸びるセミロングの髪が小顔をより小さく見せているのも一因だろう。その割合に目は大きく、彼女の存在を印象づけていた。

声をかけようか迷う。だが、すぐに結論は出た。

動き続けること。

「どうしたの？」ボクは尋ねた。「風邪引くよ？」

「あの……」少女は突然話しかけられ、困惑しているようだ。さっと目を伏せる。

「ちょっと捜し物をしていて」

「捜し物？」

「財布を見ませんでした？」

少女は両手の人差し指で、サイズを示した。普通の長財布。

「見てないなぁ。最後に見たのは、いつ？」

「この先の自販機でココアを買った時……」

目を凝らす。百メートルくらい先に自動販売機が見えた。

「じゃあ、ここからその間に落ちているかもね。うん、手伝おうか」

「え、そんなの申し訳ないですよ」

「でも、誰かに盗まれるかもしれない」

「大丈夫です。ここから自販機の間は、捜しても見つからなかったから」

「そうか……」

彼女はボクと話して諦めがついたらしい。「もう家に帰ります。気にかけていただいて、ありがとうございました」と頭を下げる。彼女は道中、思い出したように傘をさした。けれど、彼女の両肩には既に雪が積もっている。

ボクが次にとるべき行動は、決まっていた。

動き続けること。


二時間後、財布は見つかった。

誰かに盗まれたらしい。自動販売機とは遠く離れた場所に落ちていた。

彼女の財布には、学生証が入っていた。

アズサ、という彼女の名前が記されている。それから住所も。

彼女の家は、駅からそう離れていない場所にあった。

寂し気な雰囲気の家だった。庭には花壇があるのに、草一本も生えていない。ガーデニングをやめたのだろう、土さえ入れられていない。

花壇の横を通って、扉の前に辿り着く。チャイムを鳴らすと、アズサが顔を出した。

「これかな？」とボクは財布を差し出した。

彼女は目を丸くして、ボクと財布を交互に見た。

「ずっと捜してくれたんですか？」アズサは空を見上げる。「こんな雪の中？」

「暇だったから」

「この辺の人じゃ、ないですよね？」

「そうだね。家は東京の方。ボクはただの観光客」

「観光客なのに、二時間も財布捜し？」

「観光客は、大抵、暇だよ」

我ながら雑な説明だな。でも、他にうまいセリフも浮かばない。

アズサは納得いかないような表情でボクを見つめる。小さく「あ」と声をあげた。

「ごめんなさい。お礼も言わずに……本当に、助かりました」

その後、彼女はボクに家で温まっていくよう勧めてくれた。

財布を拾っただけで図々《ずうずう》しいかな、と感じたが、寒さに負けたボクは甘えることにした。指先が冷え切っている。ずっと寒空の下にいたせいだ。

靴を脱いでいると、アズサが尋ねてきた。

「もしかして、私と同年代だったりします？」

「ボクは十五歳」

「あ、じゃあタメだ。敬語は外してもいいかな」

「いいよ。ボクもアズサに敬語使ってなかったから」

「名前は？」

少し迷って正直に伝えることにした。

「渡辺篤人」

彼女は「じゃあ、篤人ね」と呟《つぶや》いた。

「下の名前？」と聞き返すと、アズサは「嫌だった？　篤人も私のことを下の名前で呼んだから」と答える。

そういえば、そうだ。

うっかりしていた。

「気がつかなかったの？」とアズサに笑われる。

「まったく気がつかなかった」とボクも笑みを返した。

これが、アズサとの出会いだった。

アズサの家族は花が大好きらしい。

廊下は、花のポスターで埋め尽くされていた。ほぼ全面に貼られているので、もはや壁紙だ。花の種類は多種多様。菊、ハイビスカス、バラ、アサガオ、カサブランカ、ユリ、アジサイ、サクラ、ベゴニア――統一性がない。ポスターの劣化具合を見ると、一度に貼られた訳ではないようだ。だんだんと数を増やしていったのだろう。

通された和室もポスターで埋まっていた。いくら綺麗《きれい》な花とはいえ、和室に西洋の花の写真って、ちょっとミスマッチだ。

アズサに断って、コタツに手と足を入れる。ゆっくり足を伸ばすと、じんわりと温かさが広がった。こんなに冷え切っていたんだな、ボクの身体《からだ》。

台所には、アズサの母親がいたらしい。「誰？」「私の財布を拾ってくれたの」二人の会話が聞こえてくる。邪険にされる素振りはなかった。

台所からアズサの母親が顔を出す。アズサに似ている、細身の女性だった。

「お腹《なか》は減ってない？　何か作ってあげるわ」

愛想がよくて優しそうな人だ。再び台所に戻っていく。

アズサは母親を見送ったあと、恥ずかしそうに笑った。

「迷惑だったかな。母さん、張り切っちゃって……普段、料理のしがいがないからね」

「二人暮らしなの？　一人っ子なんだ」

「一応、兄がいるかな。でも、しばらく家には帰って来てないから」

アズサはボクの正面に腰を下ろした。そこで彼女は、あ、と口にして、コタツの上に置かれたノートを摑《つか》んだ。慌てて引き寄せる。

ノートの存在に今まで気にも留めなかったが、あからさまに隠されると、嫌でも気になってしまう。「なにそれ」と尋ねると、アズサはノートを抱きかかえた。「日記。あまり見ないで」

「手書きなんだね。日記のスマホアプリもある時代なのに」

「それじゃあ、誰かに読ませる時に不便でしょ？」

日記を誰かに見せるのか？

気になったけど、尋ねなかった。触れられたくなさそうだ。

アズサも話題を変えたかったらしい。「篤人は花に興味ない？」と突然口にした。

「花？」と聞き返す。

「近くにおすすめの公園があるんだ。夕食のあとに案内させてよ。財布を拾ってくれたお礼に」

財布を拾っただけで、予想以上に接待されてしまった。

でも、悪くはなさそう。了解の意を込めて頷いた。

晩御飯をご馳走《ちそう》になったあと、ボクたちは外に出た。

アズサの言う通り、公園はすぐ近くにあった。敷地《しきち》には色とりどりの花があり、イルミネーションが公園内を照らしていた。青白い電球と花ってなんだか不思議な取り合わせ。人工物と自然の組み合わせなのに、しっくり馴染《なじ》んでいる。ＬＥＤライトの光を反射する雪も加わって、ため息が出るほど綺麗な光景だった。

彼女は花について詳しいようだ。ひとつひとつ、ていねいに説明をくれる。家に飾ってあったポスターは、彼女の趣味らしい。

寒い季節に咲く花が、こんなに多くあるなんて知らなかった。パンジーやシクラメンがそうらしい。名前は聞いたことがあるが、実際に見るのは初めて。雪の中でも耐えられるんだな。

公園内を歩いていると、一つの花壇で足が止まった。

ボクは立てられた看板を読み上げる。

「スノードロップ……」

この花は、まだ咲いていないようだ。

重たい雪を打ち破るように、小さく細い葉が伸びている。

枯れることなく、力強く。

「好きなの？」とアズサが尋ねてくる。

ボクは首を横に振った。「好きってわけじゃない」

彼女は花壇の前にしゃがんだ。指先で優しく葉に触れる。

「そっか。私も、あんまり好きじゃないかな。ちょっと不吉な伝承もあるよ。『恋人の遺体にこの花を置くと、肉体は花となってしまった』。ある地方では死の象徴なんだって」

死の象徴――嫌な響きだ。気が滅入《めい》ってくる。

「この花は、妹からもらったんだ。誕生日のプレゼントに」

アズサが、あ、と目を見開いた。「それは、ごめん。無神経なこと言っちゃったね」

「気にしなくていいよ。ただ、ちょっと見てていい？」

「まだ咲いてないのに？」彼女がおかしそうに尋ねる。

「うん、妹がくれた苗は、もう枯れちゃったから」

近くにはベンチが置かれていたので腰かける。正面には、スノードロップの紹介文があった。開花時期や原産地などの情報が記されている。

『日本には、明治初期に観賞用として輸入された』という一文に目が留まった。

「あれ」と口にする。「日本じゃ自生してないの？」

「原産地はヨーロッパって書いてあるね」アズサが言った。「確かに、自生は聞いたことないかな」

引っ掛かることがあった。が、今は考えないことにする。

「そっか、それは知らなかった」と誤魔化した。

黙って観賞を続ける。屋根があるとはいえ、屋外だ。寒い。ポケットに手を突っ込み、スノードロップの花壇を見続けた。

美しい公園の中でも、この一角だけは物寂しかった。あれだけキレイだったＬＥＤライトと雪も、咲いていない花と一緒だと哀愁を漂わせる。けれど、ボクは目が離せなかった。空を見上げれば、月だって出ている。風流じゃないか。何時間だってここにいられそうだ。

スノードロップは、雪の下で、じっと春を待ち続ける。

隣に座る彼女も何も言わなかった。

無理に付き合わせてしまったので「寒くない？」と声をかける。

「ううん。まだ咲いていない花を見るのも悪くないね」

「傍《はた》から見たら、ボクたち変人に思われるかもね」

「いいじゃん。満月だけが月じゃないし、満開だけが花じゃないって昔の人も言っていた」

「徒然草《つれづれぐさ》だっけ？」そのくだりは印象に残っていた。「兼好法師《けんこうほうし》」

ボクが指摘すると、アズサは楽しそうに「そう、それ」と人差し指を立ててみせた。

古典好きの同年代がいるとは思っていなかった。その後、ボクたちは古典文学の話で盛り上がった。アズサが花を好きになったのも、徒然草の影響らしい。気持ちは分かる。古典を読むと、なんだか花や月を眺めたくなるから。

「もしかしたら、私たちって似ているかもね」とアズサがしみじみと語った。

「そうかもね」と同意しておく。

ずいぶん長くボクらは咲いていない花を眺め続けていた。

終電の時間が迫っていた。そろそろ帰らないといけない。

ボクは腰を上げる。

彼女が駅までの道を送ってくれた。道中、とりとめのない会話を交わした。学生同士が話す定番の内容だ。学校のことや部活のこと、進路のこと。

別れ際、ボクは連絡先を交換しようと提案した。

アズサは一瞬目を丸くした。が、すぐに頷いた。

ボクはＳＮＳのアカウントをアズサに教える。彼女はたどたどしい操作でボクのアカウントを登録する。慣れていないのだろうか。

「私、誰かと連絡先を交換するなんて数年ぶりだから」と言い訳を口にした。

「なにそれ」とボクは笑う。

アズサは照れ臭そうに顔を手で押さえた。

「恥ずかしながら、割とホント。だから、同年代と話せて舞い上がってた。話しすぎて、うざくなかった？」

全然、と首を横に振る。

どうやらアズサはあまり人と交流しないようだ。

「だったら、ボクら、友達になる？」と告げてみた。「今度メッセージ送るよ」

幼い子供でもないのに、わざわざ友達になろうと明言するのは変だろうか。

気になったが、アズサは照れ臭そうに口にした。

「実は、私、けっこう感動してるかも」彼女がはにかむ。「連絡ちょうだいね。篤人」

人懐っこい笑みだった。

内心でほっとした。少なくとも、ボクを疑っている様子はない。

ボクの演技には、そろそろ限界がきていた。

・・・

アズサには嘘をついていた。

ボクは既に何度も町を訪れていた。アズサの顔はとっくに知っていた。彼女の住所も名前も覚えている。ただ、今日初めて話しかけただけだ。彼女と同学年のように振る舞ったが、ボクは既に高校生。年齢は十五歳だが、学年が違う。

何度も危ない瞬間はあった。

スノードロップが死の象徴だなんて教えられた時は、怒鳴りそうになった。実夕《みゆ》からもらった花を貶《おとし》めるなんて。私たちって似ているね、そんな呑気《のんき》な発言も許せなかった。ボクと彼女は対極にいる。侮辱に等しい発言だ。

必死に感情を押し殺し、表には出さないよう努める。

ボクには使命がある。

動き続けること。

・・・

アズサと別れて、すぐに気がついた。

身体がどっと疲れている。頭に鈍痛が響く。足に力が入らなかった。

嘘を重ねるって心が擦り減るんだな、笑うしかない。

本当にギリギリだった。これ以上アズサと一緒にいたら、頭がどうにかなりそうだ。

突然大声をあげて暴れ回っていたかもしれない。

自分の暮らす街に戻ると、いつもの場所に向かった。

まだ買い手のつかない売地。そこには、手入れされず生い茂った樹木とぽっかりと空いたスペースがある。一年前までは家があったが、焼失したのだ。空気を吸い込むと、どこか焦げ臭い。まだ炭の臭いが残っているのだろうか。

木に寄りかかって、地面に腰を落とす。塀が電灯の明かりを遮った。草木が近隣の住宅から漏れる光を閉ざしてくれる。何も見えない暗闇の空間ができあがる。

黒に、包まれる。

「動き続けるんだ……動き続けるしかないんだ……」

何度でも呟く。

何度でも、何度でも。動き続けるんだ、と。

ボクの言葉に答えてくれる人は、もうどこにもいない。

妹の実夕は、もういない。

間違ってない。今のボクは、正しい行動をとり続けている。

やっと、だ。

ようやく近づくことができた。あの家族と。

ボクが全てを失ったように、アイツらの全てを壊してやる。

ボクは、ポケットから一つのカードを取り出した。枯れたスノードロップの花がラミネート加工されている。

そのカードを両手で摑んで、ボクは祈りを捧《ささ》げた。

動き続けること。この言葉こそ、今のボクが縋《すが》れるものだった。

今にも壊れてしまいそうな心を握りしめて、必死にしがみついている。血の滲《にじ》みそうな力で。

ボクは動き続ける。

たとえ、ここが黒に染まり切った、深い暗闇の中でも。

3

新宿は、パニックに包まれた。

誰もが冗談だと思った渡辺篤人の爆破予告は、もはや信じざるをえない状況になっていた。被害者がどれほどいるか。仕掛けられた爆弾がまだあるのか、渡辺篤人の狙いとは何か。彼が投稿した動画は、日本中から注目を集め、再生数をどんどんと上げていった。

渡辺篤人が、新宿駅の具体的な場所を指定しなかったのも混乱の元になった。

JR新宿駅、小田急新宿駅、京王新宿駅、西武新宿駅、更には地下鉄などを含めれば、新宿とつくものは無数にある。それらを経由する鉄道の全線が停止された。爆破時刻も平日の朝ということもあり、何百万人という人間が足止めされた。

駅構内含めて、瞬く間に入場規制されている。

爆破から一時間後の現状だ。

情報が錯綜《さくそう》して、真偽不確かなニュースがSNSで流れている。半島、イスラム過激派、新興宗教、ならずもの国家、その他政治団体。考えられる可能性は全て並べたてられた。

実行犯とみなされる『渡辺篤人』の特定も進んでいた。とはいえ、大半の個人情報は自身が語っている。彼の言葉が、紛れもない事実と確認されただけだ。

血を流して救急車に運ばれる男性の画像が、ネットに出回っていた。怪我人《けがにん》は出たようだが、今はまだ死者が出たという報告はない。

爆破から一時間後、安藤のスマホに着信が入った。

一度留守電を入れた相手から折り返しの電話だった。やっときたか、と安藤は毒づくが、相手に責められる謂《いわ》れはないことは理解していた。なにせ相手は今、日本一忙しい組織の人間だ。

「渡辺篤人を知ってるって本当？」と切羽詰まった女の声。

「あぁ。話すよ。代わりに、お前が知っている情報を教えてほしい」

「電話で話せる内容には限界がある」

「捜査一課は大変だな」安藤はため息をついた。

新谷《しんたに》は、警察の捜査一課の女性警官だ。

安藤とは大学のゼミの同期だった。互いに正義感の強いタイプで、意気投合した。卒業してからも密かに情報を交換することがあった。安藤が少年犯罪を中心に追うようになってからはその機会は減ったが、凶悪事件が起きた際には必ず接触する相手だった。

「どのみち、情報は多くないわ。間もなく捜査本部が設置される。爆破があったのは、新宿駅中央線のホーム。置いてあったスーツケースが爆発した。不審物を捜査していた鉄道警察隊が爆破被害に遭っている。今話せるのは、これだけ」

「監視カメラの映像は？」

「現在捜査中。すぐに分かると思うけど」

「アップロードしたデバイスは辿れないのか？」

「接続経路を匿名化するソフトウェアが使われてるから難しいわね」

やはり新谷とは直接会って話を聞くべきだったか。

新谷から語られる情報は、じきに報道される内容ばかりだ。にもかかわらず、渡辺篤人の情報をくれ、と急かしてくる。安藤は情報提供の一方的な偏りを感じつつ、渡辺篤人について語った。

安藤と渡辺篤人が出会ったのは、少年犯罪被害者の会だ。爆破予告から八か月前。五月のことになる。

この会に訪れるのは、大半が、少年犯罪の被害者や少年犯罪に興味を持つ大人、あるいは法学部の大学生だ。あまり子供は訪れない。そんな場所に、一人でやってきた高校生に安藤は興味を持った。

彼の表情は、悲しみに暮れていた。眠れていないのだろう。目元にはクマができていた。

安藤が声をかけると、渡辺篤人は生い立ちを語ってくれた。

渡辺篤人の両親は、彼が五歳の頃、交通事故で亡くなっている。彼はその境遇を悲嘆することなく、祖母と妹の三人で前向きに生きてきた。渡辺篤人自身は謙遜していたが、話を聞いていると、彼は両親不在という環境でも健やかに成長したようだ。中学三年生の時に、陸上競技の百メートル走で県大会入賞を果たしている。高校は、都内有数の進学校に合格した。

彼の精神的な支柱は、五歳年下の妹だった。実夕という女の子だ。

妹の存在こそが、渡辺篤人の両親が残してくれた、かけがえのない宝物だった。

自分は、妹の父であり、母でなくてはならない――そう彼は自身に命じた。そして、彼は妹の模範になるような少年に成長した。

しかし、突然の火災が彼の全てを奪う。

渡辺篤人が十五歳になった誕生日の夜。二月の寒い時期だ。

深夜に燃え上がった炎は、彼の家族を包んだ。

妹と祖母を、彼は同時に失った。

逮捕されたのは、富田《とみた》ヒイロという少年だった。犯行当時、十三歳と十か月。たまたま渡辺篤人の家の裏で、彼はタバコを吸っていた。その彼が投げ捨てたタバコが火事を引き起こしたらしい。

家族を失った渡辺篤人は、後日、児童養護施設に引き取られることになる。

悲劇に見舞われた篤人に追い打ちをかけたのは、マスコミの存在だった。どこかで嗅ぎつけたのだろう。少年法に守られた加害者少年と、家族を失った被害者少年という構図は、いかにも世間受けしそうな構図だ。渡辺兄妹《きょうだい》が美形だったことも恰好《かっこう》のネタになった。

美しい兄妹を襲った悲劇——あまりに俗っぽい見出しが週刊誌を飾った。まるで連続ドラマのように、彼の特集が組まれ続けた。

好奇の視線に耐えきれず、渡辺篤人は全日制の高校をやめた。

悲しみを埋めるために、彼は話し相手を求め、少年犯罪被害者の会に行きついた。

それが渡辺篤人の生い立ちだ。

「その会に、渡辺篤人が最後に出席したのはいつ？」と新谷は尋ねてきた。

安藤は既に常連の参加者に確認をとっていた。

「四か月前だ。これからその時の様子を聞いてくる」

新谷は「引き続き情報が手に入ったら教えて」と告げると、一方的に電話を切った。

それはこっちのセリフだ。

新谷との電話を終えると、荒川が声をかけてきた。

「本当にやるせなさを感じますね、篤人くんの人生」

「篤人『くん』はよせ」

新谷との会話を傍で聞いていた荒川は、渡辺篤人への憐《あわ》れみが再燃したらしい。心を打たれたのか、どこか涙ぐんで見えた。

「しっかり調べてあげないと」荒川が口にする。「きっと、やむにやまれぬ事情があるんですよ」

調査する前から、渡辺篤人の肩を持っているようだ。一度、渡辺篤人の境遇を聞かせて以来、荒川はすっかり擁護派になってしまった。

「あまり私情は挟むなよ」安藤は忠告しておく。

「でも、いいんですか？　篤人くんが最後に会った人物を警察に伝えなくて」

荒川の懸念は、理解できた。

事件の解決だけを考えれば、安藤は知り得た情報を全て警察に伝えることが正しい。だが、安藤たちは記者であって、国家の公務員ではない。情報をいつ警察に伝えるかは、安藤たちが決めることだ。

「こっちだって商売だからな。教えるのは、俺たちが取材を終えた後だ」

安藤はタクシーを停めて、行き先を告げる。

取材相手が指定してきたのは、議員会館とそう離れていない場所だった。

「よく取材のアポイントが取れましたね」と荒川が訝《いぶか》しむ。

「向こうは、会うしかないんだよ。好き勝手、記事に書かれたくないからな」

つい、十分前に仕入れた情報を思い出す。

安藤は、少年犯罪被害者の会の常連である男性に電話をかけ、最後に見かけた時の渡辺篤人の様子を聞いた。だが、そこで思わぬ答えが返ってきた。

『四か月前、会合の終了直後、篤人くんは比津議員に怒鳴りかかった』

安藤は呻くしかなかった。

あの優しそうな少年が、他人に怒鳴る光景など想像できなかった。

しかも、国会議員相手に。

九段下《くだんした》の一角で待っていると、目の前に一台のワンボックスカーが停まった。

比津が後部座席に座っていた。安藤たちが乗り込もうとすると、秘書の男性からカバンや電子機器を預けるよう促される。録音はさせてくれないようだ。

安藤が比津の隣に座ると、車はすぐに走り出した。

「都内を適当に走らせます。ここで会話をしましょう」と比津が説明する。

車の窓を確認する。マジックミラーのようだ。人目を避けたいらしい。

「率直に尋ねます」比津が真っ先に尋ねてきた。「安藤さんは、これから私がお話しすることを記事にする気ですか？」

「困りますか？」

「ええ。『事件前、テロリストは比津議員を強く罵倒していた』なんて記事が週刊誌を飾れば、マスコミがどんな反応をするかなんて、火を見るよりも明らかです」

間違いないだろうな、と同意する。

それが多忙を極める比津がわざわざ安藤と会った理由だろう。

渡辺篤人と比津の関係を騒ぎ立てられては敵《かな》わないはずだ。くだらない風説を流されることを警戒しているに違いない。

「事実無根の内容を報じないようお願いしますよ」と比津が釘《くぎ》を刺してきた。

「ええ」もちろん、安藤にそんな気はない。「この取材の目的は、発行部数のために陰謀論で世間を騒がせることではありません。真相の究明です」

議論すべきは、渡辺篤人の行方とテロの目的だ。

安藤は話を切り出した。

「教えてください。四か月前、少年犯罪被害者の会終了後、渡辺篤人は比津さんに詰め寄ったという目撃情報がありました。渡辺篤人は何を激怒していたんですか？」

「少年法です」

比津は即答した。

「正確には、加害者をのさばらせる少年法を作った政治家の責任ですね。それが彼は許せなかった。彼の境遇は聞きましたよ。憤りも納得です。彼の家族を奪った少年の方が、結果的に国家に保護されたのですから」

安藤の口から息が漏れた。

予想していた憤りではあった。彼の立場なら当然か。

「そうですよ」その時、思わぬ場所から声があった。

最後部の座席にいる荒川だ。

「篤人くんの怒りは真っ当です。人の命を奪って、少年も大人もないでしょう。少年法に不満を持つ国民は山ほどいる。どうして廃止する流れにはならないんです？」

突然に何を言い出すんだ、この男は。

今は取材中だ。そんな議論をしている場合じゃない。

比津は苦笑を浮かべた。話の腰を折られたが、気にしている様子はない。

「そうですね、荒川さんの気持ちは分かりますよ。私も、怒りに駆られたことは幾度となくあります」

取材対象に気を遣わせてどうする。

安藤は、荒川を睨んだ。

「あのな、荒川。身も蓋もない言い方をすれば、世界共通のルールだ。国際人権規約、子供の権利条約で、少年法は義務づけられて、十八歳未満の死刑は禁止している。近代国家には、子供を保護する責任があるんだよ。そこにケチをつけ始めるのは不毛だぞ」

安藤の説明に、比津が言葉を続ける。

「少年犯罪の場合、家庭や生い立ちに問題があるケースも多いですからね。成人と同じ処分では、非行少年に再犯を繰り返させるだけの場合もあります。少年法に基づき、更生教育を行う必要がある。廃止は現実的ではないですね」

それどころか、不可能だろう。国際人権規約を無視することを日本国に期待する時点でナンセンスだ。少年法は先進国ならどこにでもあるような法律だ。

いちいち説明させるな、という意味を込めて、荒川を睨んだ。

荒川は引き下がらなかった。追及をやめようとしない。手帳を強く握りしめて、比津に視線を向けている。

「ですが、比津先生、少年法には疑念の声が多くあります」

荒川は言葉を続ける。

「たとえ死刑にできなくても、厳しく処罰されるべきです」

「何回も改正されていますよ」比津が冷静に答える。「それも厳罰化の方向に」

荒川は首を横に振った。

「いいえ、まだ国民は納得していない。どうして大幅な改正ができないんですか？」

安藤は声を張り上げた。「荒川、いい加減にしろ。今は議論の場じゃない」

慌てて新人記者の暴走を制止する。

この男は大丈夫だろうか。

ここは大学のゼミではないのだ。渡辺篤人のことを忘れていないか。

「比津さん、申し訳ありません」安藤は頭を下げた。「渡辺篤人とのやり取りを教えてください」

「いえ、むしろ、ちょうどいいです」比津はにこやかに微笑《ほほえ》んだ。「奇《く》しくも、荒川さんは、渡辺篤人とまったく同じセリフを吐きました。さきほどの荒川さんとの議論は、ちょうど彼との会話の再現になりますよ」

安藤は閉口するしかなかった。

取材相手がそう主張するなら、受け入れるしかない。

実際、荒川の知識は、十五歳の少年と変わらないレベルだ。再現としては、適切な人物かもしれない。

今が機とばかりに比津は雄弁に語り出した。

「少年法の厳罰化を阻む最大の理由は一つ。少年犯罪の全体数の減少ですよ」

正確には、検挙人員の減少ということだろう。

単純に少子化の問題ではない。人口比から見ても、少年犯罪は減っている。

「少年法の目的は、再犯防止、未然の阻止です。そして、一定の効果を上げている。鬼畜としか言えない凶悪事件が発生することもありますが、全体の数は年々減っている訳ですからね。現行法の下、犯罪が減少傾向にあるなら、国家は手を加えることに及び腰になってしまう」

つまり、少年法改正には余程の理由が必要ということだ。厳罰化によって少年犯罪を減らせる、という主張には説得力がない。

厳罰化には、更生を妨げ、再犯を増加させるリスクを伴う。そのリスクを負わずとも、少年犯罪が減少している現状では、安易に厳罰化を推進する理由がない。

荒川は声の怒気を強めた。

「被害者の感情に対する配慮は、改正の理由に相当しないと？」

比津は余裕あり気に鼻を膨らませる。

「では尋ねます。厳罰化によって、どの程度、被害者の感情は救われますか？」

荒川が口ごもった。

「いや、どの程度って言われても、はっきりは示せませんよ。数字では出せません」

「厳罰以外の方法では成し遂げられない根拠は？」

「感情の話に根拠……？」

荒川が再び言葉に詰まった。

意地の悪い質問だ。出せるわけがない。

「暴論です。もし比津さんが被害者の立場なら、納得できるんですか？」

「できません。ですが、だからといって、私個人の感情が法律の是非に関係するなんてことがあるのでしょうか」

荒川の表情が怒りに曇った。

「もうやめとけ」安藤が制止をかける。「お前の主張はもっともで、大切な視点だ。だが、感情論は議論の場では弱い」

被害者感情を考慮しなくていい、と表立って口にする人間はいないだろう。だが、被害者の救済は厳罰以外の方法で行えばいい、と主張されれば、反論は難しくなる。『厳罰でなければ被害者は救われない』という具体的な根拠を示せない以上、議論の場では軽く扱われる。討論番組では『たとえ厳罰化は叶《かな》わなくとも、犯罪被害者のための法改正は必要ですね』という中途半端なフォローが入って、締めくくられるのが定番だ。

被害者感情を訴えるだけでは、少年法は改正されない。それがこの法律の難しさだ。

「近年では被害者の感情を尊重する動きにはありますけどね」比津はゆっくりとした

口調で補足する。「それに見合う法改正は遠いというのが実態です」

安藤は先を急いだ。

「つまり、比津さんは渡辺篤人に諭したんですね。少年法について」

「ええ。現行法では、キミが望むような厳罰は叶わないだろう、と伝えました」

「渡辺篤人は、その後、なんと答えましたか？」

「どうすれば被害者は救われるのか、と彼は尋ねました」

胸が痛む。切実な訴えだった。

少年犯罪の現場では、よく耳にする。

厳罰が下されないならば、被害者の感情をどう慰めることができるのか。

比津は物憂げな表情で答える。「私は、必ず法改正を成し遂げると約束しました」

その後のことについても、比津は語ってくれた。渡辺篤人は比津に対して非礼を詫《わ》びて帰ったらしい。決して納得したような顔ではなかったという。

最後に安藤は尋ねた。「総括すると、渡辺篤人にテロを示唆するような言動はなく、少年法に対する憤りをアナタに訴えただけなんですね。ちょうど荒川のように」

比津は小さく首を横に振った。

「少しだけ違いますね」

「荒川さんのように、と言えるほど勇ましくはなかった。渡辺篤人は、終始、震えていましたよ。ありったけの勇気を振り絞ったんでしょう」

それもそうだ。

渡辺篤人は、まだ十五歳の少年だ。いくら激情に駆られていたとしても、国会議員相手に啖呵《たんか》をきって議論するには相当の度胸がいるだろう。

荒川が呟く。「恐《こわ》くても、言わずにはいられなかったんですね」

残念ながら、爆弾テロの具体的な情報はなかった。

渡辺篤人の悲しみを改めて認識しただけだった。

「どのあたりが？」

車から出ると、安藤は荒川の背中を強く叩いた。

「お前は渡辺篤人に同情しすぎだ。あんな感情的に発言して、どうする」

いくら新人とはいえ、あの取材は酷すぎる。安藤は眉間を押さえた。

そもそも、比津は厳罰派の人間だ。怒る相手を間違えている。

「すみません」申し訳なさそうに荒川が頭を下げる。「でも、あまりに篤人くんの境遇がやるせなくて」

同意の感情を示す代わりに、ため息をついた。

少年犯罪の現場に慣れている安藤も、未《いま》だに現実に憤りを感じる瞬間はある。

これほど国民に恨まれている法律を他に知らない。

「なら、いっそ渡辺篤人の立場になって教えてくれ。お前なら、どうする？　家族を少年に奪われても、犯人を罰することができない現状を国が築いていたとしたら」

ふと思いついた質問に、荒川は拳を握りしめて力強く答えた。

「国家に頼らず、復讐《ふくしゅう》を考えますよ。直接、加害者を襲ってやります」

「まぁ、そうしたくなるよな」

激怒する荒川を見たせいもあって、憤怒《ふんぬ》の表情を浮かべる渡辺篤人が頭をよぎる。

優しかった少年が復讐の鬼に豹変《ひょうへん》した姿だ。

彼はまだ十五歳だ。感情任せに行動したとしてもおかしくはない。

「富田ヒイロに取材する方法を探そう。国会議員を罵倒するほど激昂《げっこう》しているんだ。もしかしたら、加害者に接触したかもしれない」

このまま渡辺篤人の過去を追うのがいいだろう。彼が暮らす施設や学校に行っても、取材に応じてもらえるとは思えない。

とにかく、すぐに行動に移す必要があった。

安藤は、渡辺篤人の逮捕に対して楽観的ではいられなかった。早々に逮捕はされない懸念がある。未成年でも、スマホ等の電波を発信する機器を捨て、監視カメラにさえ気を付ければ、二、三日くらいの逃亡は可能かもしれない。

問題はそれまでに渡辺篤人が何を行うか。

新たな事件が起きる可能性――気味の悪い予感は消えなかった。

安藤の予感はその夜、的中する。

渡辺篤人が二度目の犯行予告をアップロードしたのだ。

映像は、一度目と同様。渡辺篤人がカメラに向かって呟くだけ。

『テロを続けます。ボクが逮捕されるまで必ず』

十秒ほどのメッセージで、動画は終わった。

今回は、犯行場所や時間の指定もない。

大手マスメディアはすぐにこの動画をニュースで報じた。

混乱が急激に広まっていく。

4

アズサとは頻繁に通話をする間柄になった。

ボクは中学三年生という設定を突き通した。実際には、高校生だが、偽った方が、アズサも親しみを抱くだろう。この作戦は功を奏した。中学三年の十二月といえば、高校受験が近づく頃だ。勉強や試験への不安。進学先をどうやって決めたかなど話題には困らない。

アズサは学校に話せる友達がいないようだ。

気兼ねなく話せるボクに対して、何度も感謝の言葉をかけてくれる。

「学校じゃ今、クラス全員が勉強一色だから。こうやって気楽に話せるの、嬉しいな」

それが本心であることは、声のトーンからも窺えた。

彼女が心を許してくれるなら、ボクも話しやすい。

彼女が花の世界に嵌《はま》った理由、徒然草の好きな段、竹取物語のラストシーンについて、と話題は続いていく。会話が盛り上がれば、ボクがアズサに興味があるフリもしやすい。

だから、自然な流れで、彼女の家族について尋ねることも簡単だ。

「ねぇ、アズサのお兄さんって何やってる人なの？」と。

彼女は誤魔化すような言葉を口にした。

「うーん、何やっているんだろうね」

「なんで妹なのに知らないのさ」冗談っぽく言ってみる。「もう社会人なの？」

「どう答えたらいいのかな。連絡取れないんだよね、兄さんとは」

「失踪ってこと？　行方不明？」

追及すると、アズサは口を濁した。「うーん、まぁ、色々あって」

「そう、なんだ」玉虫色の返事に、ボクはただならぬ事情を察した――という演技をする。「ごめんね。気まずいこと聞いちゃったみたいだね」

ボクが謝罪すると、アズサも同じように「ううん、こっちこそ」と謝った。

長い沈黙が訪れた。

タイミングを見計らったあとで、ボクは優しげな口調で告げた。

「もちろん、アズサが言いたくない内容なら、言わなくていいよ。でも、もしアズサが吐き出したいなら、ボクは聞くからね。きっと学校じゃ中々話せないんでしょ？」

歯の浮くようなセリフだ。さすがに恥ずかしくて、嫌になる。

だが、アズサが茶化すことはなかった。

「そうだね」彼女が囁《ささや》いた。「篤人なら話しても受け入れてくれそう」

「うん、頼りにして」

「ちょっと考えさせてね。じゃあ、勉強あるからまたね」

アズサは、無邪気に答えてくれる。一切の警戒がないように。

通話を終えたあと、笑みを浮かべてしまう。

やはり彼女は、ボクの正体に気づいていない。

何も分かっていないんだ。

キミの兄がボクに何をしたのかも。

ボクが味わっている苦しみを、彼女は知らない。

・・・

アズサとの通話を終えたあと、ボクは一枚の画像を見つめる。

妹の実夕が朗らかに笑っている。ボクが大きく腕を伸ばして自撮りした一枚に、実夕とお祖母《ばあ》ちゃんが肩を寄せて笑っていた。

十五歳の誕生日。

毎日眺めている一枚だったが、最近は胸がざわつく。

実夕はボクに誕生日プレゼントを渡す時、確かに口にした。

この花は摘んできたんだ、と。

その山は私有地じゃないのか、と一瞬冷や汗をかいたので、よく覚えている。咲き誇るスノードロップの花を、実夕は「山で見つけた」と自慢していた。彼女の靴が汚れていたこともあって、その言葉を疑わなかった。

だが、スノードロップは日本では自生していない。

実夕はボクに嘘をついた？　なんのために？　お小遣いの乏しかった実夕は、スノードロップをどうやって手に入れたんだ？

「篤人さん、なに見ているんですか？」

突然に声をかけられた。

顔を上げると、ルームメイトがいた。ボクが入所した児童養護施設は、三人で一部屋が割り当てられている。その同居人がにやにやとした笑みを浮かべていた。

「最近、スマホでこっそり誰かと話していますよね。もしかして彼女ですかぁ？」

「ごめん、言いたくない」断りを入れて、立ち上がった。「この前も言ったと思うけど、ボクがスマホを見ている間は、話しかけないでね」

ルームメイトが不服そうに眉をひそめる。

施設に入所して、半年以上。未だに馴染めないでいる。職員は、新しい家だと思ってほしい、と語るが、呑気ともいえるその隠やかさがボクの苛立ちを煽《あお》るだけだった。

ボクの家は、ここじゃない。

お祖母ちゃんと実夕が温かく微笑んでいた、あの家だけだ。

ルームメイトが露骨に不満を訴える。

善意で話しかけてくれたかもしれないと思い直し、謝罪の意を込めて言葉をかけた。

「多分だけど、ボクと関わらない方が身のためだよ」

ルームメイトの反応を無視して、ボクはランニングに出かける。

決して悪い場所じゃない。でも、一人になれる場所が欲しかった。


ランニングは毎日、続けていた。

陸上をしていた中学時代から習慣になっている。全日制高校に通学していた頃も、陸上部。走ることは苦ではない。それどころか、一日以上走らないでいると、どこか落ち着かない気分になる。

足を大きく前に出し、跳ね返る地面の衝撃を感じ、また一歩を前に踏み出す。響く足音は心臓の鼓動と合わさって、一定のリズムを刻む。その一連が好きだった。

残念ながら、ボクの転校先に運動部はない。ほとんどスクーリングのない通信制高校なのだ。年に四回しか通わない高校には、運動部はない。

たった一人で多摩川沿いを走り続ける。

走っている間は無心でいられる。川を見て、風の流れを感じて、ただ足を動かせばいい。

道中、高校生の集団が向かい側からやってきた。見知らぬ高校のサッカー部のようだ。ジャージに高校名が書かれていた。声を出し合って励んでいる。その表情には疲労もあったが、仲間同士で冗談を飛ばし合う笑顔があった。

ボクは彼らの表情を見ないよう、顔を伏せる。いつの間にか染み着いてしまった癖。

仲間同士で談笑する彼らが眩《まぶ》しくて仕方がない。ボクには失われた時間だ。要するに、嫉妬だった。

ランニングのペースを上げた。

途中からリズムを崩すと、ばてるのが早くなる。呼吸と動作のサイクルが乱れると、一気に倦怠感《けんたいかん》が訪れる。風景を感じる余裕なんてない。

足がもつれそうになって、ボクは走ることをやめた。

当初予定していた半分の時点で足が止まる。過去最低の記録。

呼吸を整えながら、多摩川沿いを歩き続けた。

しばらく歩いていると、一人の女性が立っていた。小汚いダウンジャケットを羽織った中年女性。「篤人くん、久しぶり」と小さく手を振ってくる。

無視して、彼女の横を通り過ぎる。

彼女は、週刊誌の記者だった。ボクの生活をつけ回す鬱陶しい女。

「篤人くん、少しだけでいいからお話しできないかな？」

「アナタに話すことは何もない」

それでも彼女は、ボクの横にぴったりとついてくる。

本当は走り去りたいが、乱れた呼吸がまだ整わない。

「アナタの記事のせいで、ボクの生活は無茶苦茶だ」記者を横目で睨みつけた。「ボクがどれだけ下品な視線を浴びてきたのか、アナタに分かってたまるか」

四月頃、一度だけ彼女の取材に付き合ったことがある。事件の悲しみを吐き出したかったボクは、その取材を何も考えずに受けた。祖母がいかに優しく、妹がいかに将来性に溢《あふ》れていたかを力説し、突然訪れた不幸が理不尽であることを訴えた。

だが、記事の内容は、あまりに低俗な内容だった。

美しすぎる兄妹を襲った悲劇——そんなタイトルだった。

紙面の大半を占めていたのは、事件の詳細ではない。ボクらの兄妹の容姿と交友関係についてだ。記者いわく、兄妹共に世間に羨まれるほどの容姿で、異性からモテていたらしい。事件には一切関係のない情報だった。

実夕の外見について無遠慮に書かれるだけでも不愉快だった。だが、それだけじゃない。この記者はあろうことか、断りもなく実夕の顔写真を載せたのだ。

記事はボクを晒し者にした。先輩や同級生が好奇の目を向けてくる。見知らぬ人間から慰めの言葉をかけられる。針の筵《むしろ》のような状況はエスカレートし、居《い》た堪《たま》れない気分に晒された。

「数か月前に高校を転学したそうね」女性記者は必死にボクについてくる。「イジメにでも遭ったの？　事情を詳しく教えてくれないかな？」

くだらない想像を押し付けてくるな。

「アナタの記事のせいだよ」短く答える。「二度と取材にくるな」

呼吸が落ち着いた頃、もう一度、走り出した。

少しずつペースを上げていく。

女性記者は必死にボクの横をついてきた。

「篤人くん、これは、少年犯罪の悲惨さを世に訴えるため必要なことなの。ここでインタビューに答えないと、私は憶測で記事を載せるしかないわね。それは嫌でしょう?」

ボクは振り向いて「勝手にしろ」と叫んだ。

「恨むなら加害者を恨みなさい」と彼女が喚《わめ》いた。

あぁ不愉快だ。

ボクはまたスピードを上げた。

どうしてランニングさえ平和にできない。家族を失った人間を更に追い立てるようなことばかりするんだ。

ボクは両耳にイヤホンをつけボリュームを上げる。耳が壊れるような大音量でようやく外界をシャットアウトした。

このランニングコースは、二度と使えない。


ボクは女性記者から逃げ切ると、ある場所に向かった。

家族と暮らしていた家があった場所だ。建物自体は焼失したが、まだ土地自体は残っている。

ボクはほぼ毎日、足を運んでいた。

庭の片隅に腰かける。伸び放題の樹木が光を遮り、暗闇を作っていた。夕焼けの明かりさえ入ってこない。

目に映るもの全てが黒く染まったような空間。そこで、ボクはようやく一息つく。

スマホを取り出した。心が荒れると、いつも確認するページがあった。

富田ヒイロの事件に対する各ニュースサイトの書き込み。

『少年法なんて甘すぎ！　即刻撤廃しろよ！』『加害者を守るんじゃなく、被害者の家族を助けてあげて』『加害者は社会的に抹殺するべき』『人の命を奪っておいて少年法なんて関係ない』『加害者の親に責任を取らせろ』『人を殺してセーフとかありえない』『犯罪者は全員死刑でいい』

どれも一度、目を通したコメントばかりだ。

記事がネットに投稿された際、書き込み全てに目を通していた。内容は気に食わないが、その記事に投げかけられた言葉はありがたかった。罵るような汚い語句ばかりでも、張り裂けそうなボクの心を支えてくれた。一日中ニュースサイトを回って、読み耽《ふけ》ったこともある。

不幸のどん底に落とされたボクを応援してくれる声だ。

誰もが怒ってくれる。同情をしてくれる。ボクに対して。

その一つ一つの文章が、ボクを動かし続けてくれる。

あの女性記者の記事は認めないが、ボクに声を届けてくれたことは感謝だ。

それに加えて、一つの言葉も同意してやってもいい。

——恨むなら加害者だ。

動き続けること。

全てを奪われて失うものがないボクは、行動を止めない。

大丈夫、ボクを応援してくれる人はたくさんいる。


復讐には、必要不可欠な情報がある。それをアズサから聞き出さなくてはいけない。

幸い、計画は順調だ。

ボクは、彼女から信頼を勝ち取っている。知り合ってからの期間こそ短いが、彼女とは毎日のように通話をしている。心許せる友人くらいには思ってくれているはずだ。

次の日も、ボクは電話をかけた。

アズサはすぐに電話に出てくれた。

まるでボクからの電話を待っていてくれたみたいに。なかなか嬉しいじゃないか。

とりとめのない日常会話をしたあとで、彼女が切り出した。

「あのさ、この前兄さんのこと話したでしょ？」

ボクはできるだけ優しい声で「うん」と答える。

彼女が申し訳なさそうに口にした。

「やっぱり言えないかな。ごめんね、期待を持たせるような言い方しちゃって。篤人はもやもやした気分かもだけど、どうしても兄さんのことは話せないの」

声が出なかった。

アズサは露ほども考えていないだろう。ボクがどれほど落胆しているかなんて。

ズボンに爪を立てて、怒鳴りたい気持ちを堪えた。

気取られないよう冷静に声をかける。「言いたくないなら大丈夫」と。

現実を受け入れよう。

アズサから信用を得ているはずなのに、決してアズサはボクに兄のことを話さない。

だとしたら、このまま仲良くなっても、アズサは情報を漏らさないかもしれない。

でも、絶望する必要はない。まだ手はある。

多少、手段が乱暴になるだけ――それが一体なんだ。

動き続けること。

「ところでさ、来週の日曜日、また会わない？」

ボクは明るい声で口にする。さも話題を変えるように。

理由は適当にでっち上げた。たまたま近くに行く用事ができた、と。

「ホント？　会おう。会おう」アズサの声もまた明るくなる。「うーんと、予定はどうだったかなぁ――」

一瞬の間があって、彼女は「あー、そうだ」と口にした。「前も言ったかな？　私、その日、予定がある。学校で受験対策の特別授業があって」

とっくに知っている。

けれど、初耳のフリをする。「そうだっけ。じゃあ、いつ終わる？」

「家に帰れるのは、五時かな。大分、遅い時間」

「五時ね」念押しの確認をした。「いいよ、行くよ」

そして、できるだけさりげなく、不審に思われないよう慎重に確認した。彼女の母親の予定を得て、覚悟を決めた。

五時まで、家にいるのはアズサの母親一人だけだ。


次の日曜日に向けて、準備を整える。

施設の住人が寝静まった頃、ボクは台所にいた。調理道具の場所は覚えている。

「動き続けること」ボクは口にする。「動き続けること」

ボクは調理場で、一つの箱を開封した。祖母の遺品である。焼失した家の跡地で見つけたものだ。妹のスノードロップ同様、家族の形見としてこれほど今のボクに相応《ふさわ》しいものはない。

箱の中にあったのは、祖母が愛用していた包丁だった。

ボクは台所にあった砥石《といし》でそれを研ぐ。

間違っていない。結果に対して、正しい罰を負わせる。素晴らしい行為だ。いくつもの『声』がそう教えてくれた。罪には、罰を。そこに大人も子供も関係ない。

ボクは、正しい。なぜなら、ボク自身に下される罰もまた、死刑であるべきと思うから。

畢竟《ひっきょう》、ボクは——もう死んでもいい。
「動き続けること」ボクは何度も呟く。「動き続けること」
研ぎ終わった包丁に指先を押し当てると、皮膚が切れた。血が滲む。
指先を見つめている間も、血が流れ出していく。
準備は整った。今度は、この包丁をアイツらに向けるだけだ。
大丈夫。きっとボクならやれる。

5

爆破テロが起きた夜、思わぬニュースが報じられた。

事件に死者は出なかったらしい。病院に搬送された怪我人は、命に別状はなかった。爆弾が仕掛けられたのは無人のホーム、負傷者は不審物の捜索にあたっていた鉄道警察隊のみ。

荒川と共に編集部で、ニュース番組を確認していた。

喜ばしい内容ではあったが、気になる点でもあった。

「でも、改めて考えると、変ですね。もし死者を出したいのなら、爆破予告なんてする必要はない。やっぱり篤人くんの目的は、殺戮《さつりく》とは別の何かですよ」

荒川が終始、渡辺篤人を「くん付け」することを安藤は叱りはしなかった。諦めた。彼なりのジャーナリズムかもしれない。

安藤は夜食のゼリー飲料を飲み干して、口にした。

「渡辺篤人の目的が殺戮ではないことには同意する。だが、死者が出なかったことなんて偶然に過ぎない。警官が爆死してもおかしくなかった。何回も言っているが、あまり渡辺篤人を擁護するな」

一度目の爆破で多くの人間が職場に辿り着けなかった。日本の経済的な損失だって大きいだろうし、株価にも多少の影響はあるに違いない。駅から押し出された人々が道路を埋め、運送会社や緊急車両の運行を妨げたという話もある。実害だけじゃなく、精神的な被害だってある。二度目のテロ予告の後、どれだけ多くの人間が不安を抱えているか。直接の死者が出なかったら許されるという問題ではない。

「それに、渡辺篤人の行動はあまりに利己的だ」と安藤は説明を続けた。

「利己的？」と荒川が聞き返す。

あごでテレビの画面を指し示した。

「施設の職員、恩師、高校の友人、全てがマスコミの餌食になる」

テレビの中では、レポーターがカメラマンを誘導していた。映し出されるのは、渡辺篤人がかつて在籍していた高校の校門。モザイク処理されているが、興味を持つ人間ならすぐ特定するだろう。

「これくらい十五歳でも、いや彼が一番予想できるはずだ。相当の覚悟があるのかもな。もし次のテロが起きるなら、今度こそ死者が出るかもしれない」

たとえ一度目の爆発で死者が出なくても、二度目、三度目があるなら犠牲者が生まれるかもしれない。

少なくとも荒川のように、渡辺篤人を擁護することはできなかった。


安藤が取り掛かったのは、富田ヒイロの連絡先を捜すことだ。

手がかりは、八か月前、渡辺篤人から聞いた断片的な情報しかない。本名と年齢、おおよその住所だけだ。だが、若者なら、SNSなどで知り合いやクラスメイトを発見できる可能性もある。

加害者の交友関係を土足で踏み荒らすことはしたくない。だが、雑誌記者ならよく利用する手法でもある。今回ばかりは手段を選んでいられなかった。

黙々とSNSを探っていると、デスクの向こうで荒川が話しかけてきた。

「そもそも篤人くんは、富田ヒイロと会えるんですか？」

「渡辺篤人いわく、一度だけ富田の父親が会いに来たらしい。その際、示談交渉のために連絡先を交換したようだ」

「でも、住所を知っていても、富田ヒイロは施設の中ですよね？」

「富田に下った審判結果は、少年院の一般短期処遇。六か月も経てば退院している頃だろう」

　渡辺篤人が語った内容を伝える。

　荒川が声をあげた。

「いくら十三歳とはいえ、たった六か月？」

「あの事件の原因は放火じゃなく、タバコの不始末だ。それが軒先に置いてあった灯油に引火して、一気に燃え広がった。故意は認められなかった。むしろ、処分としては重いくらいだ。非行歴、家庭環境や生活態度が悪かったのかもな。保護観察じゃなかっただけマシじゃないか？」

　少年院への入所期間の決定には、犯罪そのものよりも、少年本人の要保護性が重視される。

　極端な話、犯罪は軽微でも、非行少年を引き取る保護者が不在で、深夜徘徊《はいかい》やドラッグの常習性等があれば、少年院にいる期間は長期になる。もちろん、その逆もある。凶悪犯罪でも、家庭環境さえしっかりしていれば、期間が短くなることもありえるのが少年法だ。

「残念だが、こんな話、少年犯罪の世界じゃ普通にあるぞ」

　もっと酷い話はいくつもある。決して特別な事例ではなかった。

「あの、一つ聞いていいですか？」荒川が口にする。

なんだ、と安藤が顔をあげる。

口を真一文字に結んだ表情の荒川がいた。

「安藤さんはどうして少年犯罪専門の記者に？」

「そんなこと聞いてどうする」

「正直、自分は気が滅入ってきましたよ。どうして安藤さんは、こんな事件ばかり追えるんだろうって」

荒川が軽薄な口調で尋ねてくる。

なんだ、こいつは。

顔をしかめる。犯罪を追う記者同士は、親しくない限り仲間内《うち》のプライバシーにずけずけと踏み込まない。犯罪の被害者や当事者である可能性があるからだ。

その現実を目の前の新人記者は理解していないらしい。

安藤は端的に説明した。「俺も経験したんだよ」

「少年犯罪の被害者ってことですか？」荒川の声に驚きが交じる。

「それ以上聞くな。楽しい話じゃない」

荒川をあしらい、安藤は目の前のパソコンに意識を向けた。だが、画面上の情報が頭に入ってこない。

コイツのせいで、仕舞い込んでいた激情が溢れ出しそうになる。

三年前、安藤は恋人を奪われた。十四歳の鬼畜に。

・・・

安藤には、かつて恋人がいた。

井口美智子。

大学時代からの知り合いで、安藤が週刊誌の記者となったあと同棲《どうせい》を始めた。結婚も視野に入れた付き合いだった

美智子が仕事で地方出張していた時、事件は起こった。

彼女は駅前で中学生同士のイジメの現場に出くわしたらしい。正義感の強い彼女は、中学生たちを注意したようだ。

だが、それが少年の逆鱗《げきりん》に触れたらしい。

加害少年の名前は、灰谷《はいたに》ユズル。当時、十四歳。

その場にいたイジメられっ子の証言では、灰谷ユズルは美智子が動かなくなるまで

殴り続けたらしい。美智子は病院に運び込まれ、三日後、死亡した。急性硬膜外血腫。死因が少年の暴行であることは明らかだった。

少年審判の結果は、長期処遇の少年院送致だった。

安藤は、到底許すことはできなかった。美智子を殺害した少年が、のうのうと生きている事実を受け入れられなかった。

記者として持てるコネクションを用いて、安藤は灰谷ユズルの消息を調べ上げた。灰谷ユズルは退院後、親元を離れて、スーパーの店員として働いていた。他の従業員との関係から、人殺しの非行歴を周囲に伏せていることは明らかだった。

安藤は全て記事にした。直接的に記述した訳ではないが、その気になれば、灰谷ユズルが勤めているスーパーや本人が特定できうるように情報を載せた。

復讐だった。

灰谷ユズルは職場を辞めて失踪した。その後の末路は安藤も知らない。学歴も職歴もなく、居場所も失った少年が悲惨な人生を辿ることは想像に容易かった。

だが、それでも全ての哀《かな》しみが癒えたわけじゃない。

以降も、安藤は少年事件を追い続けている。

・・・

深夜までSNSを探っていると、情報提供料を払ってくれるのなら住所を教えてもよいと言う少年が見つかった。個人情報を売り払う子供に何も感じないわけではないが、安藤の立場で注意できるはずもない。ギフトカードの画像を送付すると、一枚の写真が送られてきた。小学生時代の富田ヒイロから届いたらしい年賀状だ。はがきの表には住所が書きこまれている。

便利な時代になったものだ。一軒一軒回って、富田ヒイロの自宅を尋ねるよりずっと早い。

安藤はそのまま編集部で一夜を明かし、翌朝、富田ヒイロの自宅に向かった。

荒川は編集部に置いていくことにした。彼には情報提供者への対応や、リアルタイムな新情報の収集を任せる。

富田ヒイロの自宅に向かうため、タクシーに乗車したところ、運転手が声をかけてきた。

「お客さん、運がいいですよ。今、タクシーは全然捕まらないから」

「どうしてです？」

「ニュースでやっていた少年の爆破事件？　そのせいで、電車は避けてタクシーを使う人が多いから。爆発に巻き込まれたら最悪だし、そうでなくても、電車が停まって足止めされるかもしれないでしょう？」

安藤はタクシーの窓から新宿の街を見た。言われてみれば、車も歩行者も普段より多い気がする。

渡辺篤人の影響が広まっている。

朝刊やワイドショーでは、彼の話題で持ち切りだった。教育学者、社会学者、元法務教官など有識者が呼ばれて、昨今の少年犯罪の傾向について語っている。けれど、逮捕のニュースだけは未だに入ってこない。


安藤は年賀状に書かれていた住所に辿り着いた。

寒さの厳しい田舎町だ。偶然にも、安藤にとっても所縁《ゆかり》のある町だった。地域の実情は記憶にある。産業に乏しく高齢化の一途を辿っている、日本のどこにでもある土地だ。

富田ヒイロが暮らしているのは、木造アパートの一階だ。築三十年は経っているだろう。壁には亀裂が入っている。

安藤はポストを見た。

通信販売のメール便が入っている。宛名には『富田』の文字。

チャイムを押す。だが、なかなか家主は出てこなかった。人の気配はある。気は乗らなかったが、安藤は半ば脅すような言葉をかけた。自分は記者であり、この部屋に住む少年が過去に何をしたのか知っている、と。

壁を蹴るような音が、部屋の中から聞こえた。

続いて、富田ヒイロの父親らしき男が顔を出した。身体の大きな男だった。歓迎する様子はなく、渋々といったように招き入れる。

安藤は玄関に置かれた靴の数を確認した。父子家庭かもしれない。三和土《たたき》には、屋外用のバスケットボールが転がっている。触れると埃《ほこり》をかぶっていた。

ダイニングキッチンには、一人の少年がいた。

テーブルのそばに座り、安藤たちを睨んでいる。この少年が富田ヒイロだろう。

「昨晩、もう警察の事情聴取は受けているんだ」富田の父親が口にした。「息子は何も知らない。渡辺篤人の事件とは無関係だ。話すことはない」

やはり警察はとっくに動いているか。

警察も渡辺篤人が接触していそうな人間を片っ端から捜しているのだろう。相当な人員を割いているに違いない。

富田ヒイロは、痩せ細った子供だった。父親に似て身長は高いが、弱々しく見える。どこか草食動物を思わせた。緊張しているのか、終始俯《うつむ》いている。

「その警察に教えたことをもう一度、聞かせてくれないか？」

「正直に話したら、記事にはしませんか？」富田ヒイロが口を開いた。声に覇気がない。集中しないと聞き逃しそうなほどだ。

安心させるように安藤は頷いてみせた。

「記者である前に俺は人間だ。君が何も悪いことをしていないのなら、不当に扱うことはしない」

記事にしないとは明言しなかった。

富田ヒイロはうまく騙《だま》されたようだ。ホッとしたように表情を緩める。

「警察には、一度だけ渡辺篤人と会ったことを話しました」

安藤は息を呑んだ。

「やはり渡辺篤人は君を訪ねたのか」

富田ヒイロは憂鬱な表情で頷いた。

そう予想して富田ヒイロの取材を試みたとはいえ、実際に本人の口から聞くと驚きが隠せなかった。

本当に渡辺篤人は、復讐のために動いているのかもしれない。

「去年の十月かな、突然知らない男が家に来て、渡辺篤人だって名乗って、雑木林に連れて行かれて」

比津と対話した直後の出来事だった。

「どんな会話をしたんだ？」

「あまり話しませんでした。僕がとにかく謝って、それで終わりです。思いのほか穏やかに渡辺篤人は帰っていきました。だから、僕は爆破事件のこと全然知らないんです。本当に、ちょっと会話をしただけ」

あくまで、ただ会話をしたにすぎないという主張だ。

こいつの証言は嘘臭いな。

「本当にそれだけか？」と念を押す。

「はい」

「渡辺篤人は怒鳴ることもなかったのか？」

富田ヒイロは無言で頷いた。

続くように、富田の父親が口を挟んだ。

「記者さん、もういいだろ。息子もそう言ってるじゃないか。警察だって信じてくれた内容だぞ」

「そいつらは、渡辺篤人をよく知らないからな」

警察にとって、富田ヒイロはただの参考人だ。細かく追及はしない。

確かに、渡辺篤人は優しく、穏やかな少年だ。けれど、九月半ば、彼は国会議員にさえ怒鳴りかかるほど激昂していた。加害者を前にして、そんな冷静でいられる訳がないだろう。

安藤は「嘘をつくな」と告げた。

「根拠でもあるんですか」ふいに富田ヒイロが声を荒らげる。

その余裕のない態度を見て、揺さぶりをかけることにした。

「いいか？　どのみち、数日中に渡辺篤人は逮捕される。彼は生い立ちからこれまでの人生を全て警察に証言するだろう。君の嘘なんて絶対にバレるんだ。君の虚偽の証言のせいで逮捕が遅れ、死者が出た場合、君にお咎《とが》めがないと思うか？　また少年院に戻りたいか？」

全て出まかせだった。が、効果は絶大のようだ。

富田ヒイロの額から汗が滲む。その反応で、安藤は確信した、

「今語るなら知り合いの警察に、俺から口利きできる。どっちが得か、考えた方がいい」

安藤は出された緑茶をゆっくり飲んでみせた。

十四歳の少年を追い詰める大人げない手法だ。

富田ヒイロの唇が震え出した。彼の汗がテーブルに落ちる。

「そ、それ、本当ですか？　渡辺篤人が逮捕されて、警察に全てを話すって」

「十五歳の少年がそう長期間逃げられるとは思えない。逮捕も時間の問題だろう」

「そんな……」

「渡辺篤人が受ける取り調べは、君がかつて経験した比じゃないからな。甘くねぇぞ。年齢も事件の規模も違いすぎる。君のことも含めて、生い立ちを全て語るだろうよ」

そろそろだろう。

安藤は声を低くして口にした。

「富田ヒイロ、語るなら今のうちだ」

彼は、わっと泣き出した。

大声をあげて喚き出す。富田の父親も察したらしい。やはり、警察にも家族にも言っていないことがあった。

富田が落ち着きを取り戻すまで、十分近くかかったが、やがて袖口を涙と鼻水で汚しながら語り出した。

「ぼ、僕は、つい一年前までは、普通の中学生だったんだ。バスケ部に入って、センスもあって、新人戦のレギュラーになれそうで、楽しかったけど、練習が厳しい時はたまに、サボって。本当に、それだけの中学生だったんです。なのに、コンビニでサボる日が続いたら、突然、不良の先輩に目をつけられて、それで、」

「聞きたいのは、お前の境遇じゃない」このまま延々と自己弁護を続けそうな富田の言葉を遮った。「渡辺篤人は、お前に会いに来た。その時の会話だ」

途中つっかえながら、富田はぽつりぽつりと吐き出した。

「わ、渡辺篤人は激怒していて、僕に包丁をつきつけて、脅迫しました。僕は必死に命乞いをして、」富田ヒイロは苦しそうに吐き出した。「真相を語りました。僕が、引き起こした事件の」

「真相？」

富田ヒイロの事件は、タバコの不始末のはずだ。

そうではないというのか。

「僕、脅されたんです。知り合いの先輩に『やれ』って命令されて、仕方なくやったんです。その人は人殺しなんです。断ったら、僕の命が危なかった」

富田ヒイロは、事件の真相を語った。

すべては先輩の指示だった。彼は事件直前、近くの商店でタバコと酒を購入した。年齢確認をされないよう、高齢女性が店番をしている店を選んだ。その後、渡辺家の敷地に向かう。渡辺家の裏口には、灯油タンクがある。そのキャップを外して放火。火が大きく回ったところで、富田ヒイロは自首をする。富田ヒイロは、警察署で必死に訴える。『自身が酔っていたこと』『灯油タンクのキャップは最初から外れていて、投げ捨てたタバコが引火したこと』『酔いが覚めたあと、すぐに自首を考えたこと』。

安藤は絶句した。

徹底的に少年審判が有利に運ぶ手法を取っている。

まず未成年にタバコと酒を売った店に責任が問われる。飲酒で酩酊《めいてい》状態での犯行なら、尚更だ。更に、自首をすれば、更生の余地が認められることも知っていた。

知り合いの先輩とやらの発想は悪質だ。十三歳の少年に行わせるなんて。刑事事件として扱われない案件だ。当然、検察の捜査は及ばない。富田ヒイロと渡辺家の接点が見つからなければ、計画的犯行だと疑われることもないだろう。

「その知り合いの先輩は何者だ？」安藤が尋ねる。

富田は、すぐには答えなかった。まるで何かに怯えるように急かすと、ようやく白状した。

「灰谷さん——この町の不良で、有名なんです。三年前、人を殺したことだってある」

この町、不良、三年前、灰谷。

キーワードを聞いて、安藤は反射的に答えた。

「もしかして——灰谷ユズルか？」

「そうです。僕は灰谷さんに脅されただけなんです」

安藤は、絶句してしまった。

なんて因果だ。

灰谷ユズル——自身の恋人を奪った男の名前を、まさかこの少年が告げるなんて。

取材中に動揺するべきではない、感情を必死に押し殺した。これじゃあ荒川と変わらない。

呼吸を整えたあとで「灰谷ユズルはどうして渡辺篤人の家族を狙ったんだ？」と尋ねた。

「知りませんよ。渡辺篤人にも同じ質問されたけど、僕も灰谷さんに何も聞かされていないんです。僕も被害者なんだ」

「渡辺篤人は、そう聞いてどんな反応をした？」

「僕の胸倉を摑んで」富田ヒイロは震える声で口にした。「『お前には数千万の賠償金を払わせる』って怒鳴りました」

民事訴訟か。渡辺篤人は当然、知っているはずだ。

ただ、目の前で青ざめている少年は、知らなかったらしい。

「最初、なんのことかさっぱり分からなかった。僕の犯罪は、少年院から出さえすれば終わりだと思っていたのに。民事訴訟なんて言葉、初めて知った。もし渡辺篤人が訴訟したら、何千万も僕は借金を負うんだ。僕の家にはお金がないから見逃してくれってお願いしたら、包丁で刺されそうになって」

富田の声が次第に大きくなった。

泣き声が交じっていく。

「僕は、何も知らなかったんだ。灰谷さんは、十三歳なら犯罪にならないってことしか教えてくれなかった。ネットの中でも、みんな言っている。加害者は少年法で守ってくれるし、少年法は甘い。未成年者は罪を犯してもセーフだって。数千万円なんて払えるわけないじゃないか！　一生かけたって不可能だ！」

安藤は、富田の父親の表情を見た。重たく、憂鬱を浮かべた顔だ。

この部屋にある家具も、お世辞にも豪華とは言えない。それほど裕福な生活を送っているようには見えなかった。支払える見込みはなさそうだ。

「でも、渡辺篤人は『一生かかっても取り立てる』って。もう恐くて、僕は土下座して、ようやく渡辺篤人は包丁を下ろしてくれました」

決して復讐を諦めたわけではないだろう。

ただ、怒りよりも呆《あき》れが上回ったのかもしれない。

「それからあと――」富田が思い出したように口にした。「そうだ、去り際、渡辺篤人に一個だけ質問されて――」

「なんだ？」

「『もし民事賠償のことを知っていたら、キミは罪を犯したか』って」

「そうか。君はどう答えたんだ？」

富田ヒイロは首を横に振った。

「やるわけない」

だとしてもお前はやってしまったじゃねぇか。そう放ちたい言葉を呑み込んだ。

「君の答えを聞いて、渡辺篤人はどんな反応だった？」

「……とても哀し気な顔をしてました」

富田は小さな声で言葉を漏らした。

何も言えなくなった。渡辺篤人が不憫《ふびん》でならなかった。

「あの安藤さん、一つ確認していいですか？」富田ヒイロが恐る恐るといったように口にする。「全部、話しました。僕のことは、記事になりませんよね？　僕の存在は世間には知られませんよね？」

ここまで甘い見込みができるのは、もはや哀れだった。

「保証しかねる。テロの混乱は広がっている。俺が報じなくても、渡辺篤人の関係者として、君の実名はネットに晒されるかもな」

「で、でも悪いのは、灰谷さんなんだ」事実の重さに耐えきれなかったのか、富田ヒイロは再び声を張り上げた。「全部、灰谷さんの命令でやったんだ。僕は悪くない」

「人のせいにするな」

「うるさい。こんな罪を犯した後じゃ僕は二度と学校に戻れない。バスケもできない。借金も負う。最悪だ。灰谷さんが悪い。人生が無茶苦茶だ。アイツが全部の元凶じゃないか」

安藤の制止も聞かず、富田ヒイロはぶつぶつと言葉を呟き続ける。次第に声が小さくなり、聞き取れないボリュームとなった。

これ以上話をするのは無理だろう。安藤は席を立った。警察と記者に連続で迫られて、富田ヒイロは相当参っているようだ。これ以上追い詰めて暴れられても面倒だ。

「何か思い出したら」と富田の父親に名刺を渡した。

部屋から出る直前、富田ヒイロに視線をやる。

彼はまだテーブルに向かって呟き続けていた。「全部、灰谷さんが悪いんだ」と口にしているようだ。虚《うつ》ろな瞳で、延々と。

ただならぬ不気味さを湛《たた》えている。これ以上は手に余ると判断した安藤はその場を後にした。


家から出ると、罵声が聞こえた。

富田の父親が怒鳴っているようだ。外に出ようと、はっきりと耳に届いた。

「お前なんて息子でもなんでもない。賠償金も全部、お前が稼いで払えよ。俺は一銭も出さないからな！」

富田ヒイロの父親は一度、はした金で渡辺篤人に示談交渉を申し出たらしい。十五歳の彼を世間知らずと侮って、丸め込めると信じていたんだろう。渡辺篤人が民事訴訟を起こす算段であると知って、気が気でないようだ。

舌打ちする。

富田親子に教えなかったが、賠償金を支払わない加害者は多い。一円たりとも渡さず、時効まで逃げ切るのだ。少年犯罪被害者の会に参加していた渡辺篤人はもちろんこの現実を知っているだろう。

渡辺篤人を追う手がかりにはなったが、安藤の気分は晴れなかった。

全てが不愉快だ。

少年犯罪への認識が緩く、あまりに無責任な情報を広める人間も。

よく調べようともしないで、軽い気持ちで犯罪に手を染めた富田ヒイロも。

賠償金を支払おうとしない富田ヒイロの父親も。

そして、なによりも――。

「灰谷ユズル、か」

彼の名前を口にすると、安藤の身体が熱くなる。

この男の名前を再び耳にするとは思いもよらなかった。

まるで亡霊のようだ。何度振り払っても、この男は安藤の前から消え去りはしない。自身の恋人を殺した男は再び悪事に手を染めている。

もう一度大きく舌打ちをした。

昼頃、荒川から連絡があった。何か新しい情報を仕入れたようだ。

なんだ、と電話に出ると、荒川の切羽詰まった声が聞こえてきた。

「山手線《やまのてせん》内で不審物が発見されたようです、怪しい人物も逮捕したって」

速報のニュースが入ったらしい。

山手線の乗客が網棚の上に不審物を発見したようだ。また電車が停止し乗客は一旦避難。すぐに警察が不審物を点検したらしい。

「なるほどな。乗客も相当ナーバスになっているようだ」

「捕まった人物は、篤人くんですかね」

「いや、それなら、そう報じるはずだ」

今や渡辺篤人の逮捕は、全国民が待ち望んでいる。真っ先に伝えられるはずだ。

渡辺篤人の協力者。あるいは、模倣犯だろう。

前者かもしれないな、と安藤は考えた。渡辺篤人がいまだ逮捕されない現状を鑑みれば、彼を匿《かくま》っている存在がいるのかもしれない。ひっそりと身を潜める少年に衣食住を提供する協力者が。

「不審物の中身は？」と安藤は尋ねた。

「いや、それは報じられていません。その場に居合わせた人のSNSでは、温泉地のような臭いがしたと」

腐卵臭。安藤はすぐに思い至った。「硫化水素か……」

だとしたら、また無差別テロが起こる可能性が濃厚だ。硫化水素は有毒ガスだ。そんなものを密閉した空間で撒《ま》き散《ち》らせば、今度こそ死者が出てもおかしくはない。

これも渡辺篤人が予告したテロだろうか。

安藤は荒川に対して、渡辺篤人と富田ヒイロの間で起こった出来事を説明した。荒川は渡辺篤人に同情的なコメントをして、富田ヒイロに対して怒りを主張した。渡辺篤人びいきな荒川の物言いに慣れてしまった安藤は言葉を返さず、手短に状況をまとめた。

「整理しよう。渡辺篤人は復讐に動いていたとみて、間違いないだろう。富田ヒイロに会ったあと、灰谷ユズルの実家に向かった。富田ヒイロには民事訴訟で復讐する。

灰谷ユズルには」

「今度こそ殺傷沙汰かもしれませんね」

安藤の言葉に、荒川は続いた。

灰谷ユズルの家族に、何も起きていなければいいが保証はできない。

「俺は今すぐ灰谷ユズルの実家に向かう。お前は、最近、未解決の事件や誘拐事件が起こっていないか調べてくれ」

荒川との通話を切って、すぐに行動を開始する。

灰谷ユズルに関する情報はずっと前から頭に叩き込まれていた。奴は、既に実家にはいない。彼は少年院から出たあと、地元を離れて、保護司の監督のもとで一人暮らしをした。その後、失踪。実家には戻っていない。行方知れずだ。

渡辺篤人が灰谷ユズルと出会うことは叶わないだろう。

だが、灰谷ユズルの実家には、彼の家族がいる。

灰谷ユズルには、母親と妹がいる。

たしか妹は、灰谷アズサという名前だったか。

6

違う道があると言われれば、そうなんだろう。

ボクのスマホにはメッセージが毎日のように届く。中学時代も、全日制高校に通っていた頃も、友達がいなかったわけじゃない。事件を知っている人は、ボクに気遣いのメッセージを送ってくれる。そこには『大丈夫?』という心配も、『また遊びに行こうよ』という誘いもある。

ボクは恵まれている。

違う道だってあったんだ。

友人と時を過ごせば、事件の傷だって少しは癒えるかもしれない。遊びに出かけて、気分転換をする。次第に悲しみを受容して、心の傷と共に未来に向けて進むことができるだろう。美しい青春ドラマのように。そんなことは知っている。

でも、ボクは決してそんな選択肢を選びたくなかった。

ボクの中で、まだ事件は終わっていない。

納得のいく結末に辿り着けていない。

ボクは、友人からのメッセージに一つも返信しなかった。気遣いも気分転換も不要なものだ。ボクは傷を忘れたくない。元気になりたいわけじゃない。ただ求めるのは、家族の喪失を埋め合わせる対価のみ。余計なことはいらなかった。

息が詰まるのだ。他人に気遣える余裕がある友達の存在そのものが。

性格が歪《ゆが》んでいる自覚はある。

けれど、だからなんだ。

スマホに登録されている友達を一つずつブロックして、削除する。グループチャットは退会する。友達の連絡先なんてSNSのアカウントしか知らない。住所も電話番号もメールアドレスも互いに知らない。アカウントをブロックすれば、二度と連絡をとる手段はなくなる。

さようなら、ボクの友達。

唯一残ったのは、アズサの連絡先だけ。

今必要なのは、それだけでよかった。

墓石の前で、そっと手を合わせる。

永遠に眠る家族の前で、自分の近況を報告する。

「富田ヒイロと会ったよ。刺してやろうかと思ったけど、ごめん……悪いのはアイツだけじゃないみたいだ。何一つ制裁が下されていない男がいるんだ」

ボクは合わせた手を離すと、墓石の前に置いたものに手を伸ばす。

お祖母ちゃんが残した包丁と、実夕がくれたスノードロップのカードだ。

「動き続ける」

ボクは口にした。

「お祖母ちゃんと実夕を殺した奴らを壊すまで、ボクは行動を止めない」

果たすべき使命がある。

必要なのは、勇気だけだった。

・・・

約束の五時よりも二時間早く、アズサの家を訪れた。

予想通り、彼女の母親が出迎えてくれた。ボクはお土産のショートケーキを差し出した。「気を遣わなくても」と遠慮しながらも相手は喜んでくれる。ボクに不信感を抱いた素振りはなかった。本当に、気の良《い》い人だ。

短期間に二回も訪問して怪しまれないか不安だったが、杞憂《きゆう》だったらしい。

アズサの母親は、ボクを家にあげてくれた。人の好い彼女は十二月の寒い日に、二時間も外で待たせることに躊躇《ためら》ったのだろう。ありがたい話だ。

上着をゆっくり脱いで時間を稼ぎ、隙を見て、家のカギをしっかり締めた。邪魔が入らないように。

部屋や窓の配置は、先日訪れた時に記憶している。

この玄関前の廊下は、扉さえ閉めてしまえば、外から見えることはない。

ボクは深呼吸をする。左のポケットにあるスノードロップのカードに触れる。祈る。

それから右手で握りしめていた包丁を、アズサの母親に突き付けた。

「動かないでください。お願いします」

まさか突然、刃物を向けられるとは思ってなかったのだろう。

アズサの母親は目を丸くして、呆然《ぼうぜん》と固まっている。

「篤人、くん？」と彼女の唇が動いた。

「暴れたくありません。ボクの言葉に従ってください」

彼女の唇が小さく動いた。

「どうして……？」

「端的に自己紹介をしますね。ボクは、灰谷ユズルの被害者です」

一言で彼女は事情を呑み込んだようだった。

「ユズルがまた……」と彼女は呻く。あっさりと信じたようだ。灰谷ユズルという男は全く信頼されてないらしい。

「アナタは、灰谷ユズルの母親で間違いありませんか？」

「……はい」と彼女は小さく頷いた。

よかった。さすがに間違っていたら、笑い事じゃ済まない。

「とりあえず、場所を移動しましょう。少し探したいものがあります。アズサの部屋へ案内してください」

アズサの母親は抵抗せずに従ってくれた。

アズサの部屋は整頓されていた。机、ベッドと箪笥《たんす》、サイドテーブル、まるでモデルルームのようだ。余計なものがない。特徴をあげるなら、花の絵や写真のポスターが無秩序に飾られていることくらい。よほどアズサは花好きなんだろう。

カーテンをしめ、アズサの母親と向き合う。

「灰谷ユズルの居場所を知りたい」ボクは告げた。「アナタは知っているんですか？」

「いいえ……ユズルは失踪しています。連絡はつきません」

その答えは想定済みだ。

はいそうなんですね、とボクが引き下がるとでも思ったのか。

「では、アズサの日記の場所は知っていますか？」

「いえ……なぜ？」

「アナタの言葉が真実かどうか確認したい」包丁で机を叩いた。「早く探してください」

ボクは声を張り上げるが、彼女が動く様子はない。

なぜか言うことを聞いてくれない。

なんだ？　徐々にボクの中に苛立ちが募る。

「お願いします。ボクは、今日、人を殺すかもしれない。灰谷ユズルがボクの家族を奪ったように、ボクも灰谷ユズルの家族を奪ってやりたい。それだけの覚悟をして、ここに来ています」

アズサの母親は、ボクから視線を外さない。

ボクを批難するわけでも、怯えるわけでもない。無言でボクに真摯《しんし》な眼差《まなざ》しを向けている。

「アナタも、わたしの息子の被害者なんですね」と彼女が口にした。

「そう言っているでしょう？」

「わたしは日記の在《あ》り処《か》は知りません。それより先に、教えてくれませんか、アナタの身に起こった事件のことを」

時間稼ぎのつもりか。

まぁいいだろう、と椅子に腰かけた。どうせアズサが戻ってくるまでは時間がたっぷりある。

ボクは包丁を学習机に置いた。

「この包丁は、祖母の遺品です」

料理が苦手だった祖母は、魚をうまく捌《さば》けず、よく包丁を傷だらけにしていた。その傷を指でなぞりながら過去を思い出す。

「灰谷ユズルは、この町の中学生を脅迫して、ボクの家族を殺したんです。この話は、実行犯である富田ヒイロという少年から聞きました。嘘には思えません。そんな知能は感じられなかった」

ボクは富田ヒイロの表情を思い出した。

彼は、灰谷ユズルに怯えていた。灰谷ユズルを人殺しの男として。

「この町じゃ、灰谷ユズルは相当の有名人らしいですね」

「恥ずかしながら……」

「今はどこにいるんです？　本当に知らないんですか？」

アズサの母親は、首を横に振った。

「わたしたちも知りません」

「話にならない。理解しているのか？　あの男は！　今も他人を脅迫して、人を殺させたんだぞ！　アンタの息子だろう！　野放しにするなよ！」

「二年前失踪しました。それっきり、どこにいるかも知りません」

湧き起こってくるのは、煮えたぎるような熱い感情だった。

あまりに無責任だ。自分が育てた人間が、凶悪犯罪に関わり続けているのに。

ボクは、包丁を握りしめた。もっと追い詰めなくてはいけない――。

「だったら、全て語ってみろよ」彼女を睨みつける。「アンタの息子が失踪するまでの経緯を」

ボクの憤りに、彼女は「分かりました」と頷き、それから、まるでそうするのが当然のように正座をした。

「まず、家庭環境からお話ししましょう」と切り出した。

アズサの母親の名は灰谷美紀《みき》という。彼女はアズサを出産後、夫と離婚した。産後、体調を崩しがちだった彼女は親権を得られず、ユズルとアズサは父方に引き取られた。灰谷美紀は実家であるこの家で療養したが、離婚から五年後、元夫から二人の子供を引き取ってほしいという打診が入る。灰谷美紀は五年ぶりに息子と娘と再会した。

「しかし、思わぬ事態が発覚しました」

彼女は淡々と告げる。

「ユズルの身体には無数の痣《あざ》がありました。ユズルは、元夫の恋人からの虐待を受けていたようです」

九歳のユズルは粗暴な性格に育っていた。一度暴れ出すと、大人でも手が付けられない。小学校でもクラスメイトを殴り、教師に蹴りを浴びせる。その行為を家で咎めると、灰谷美紀にも殴りかかる。

コミュニケーションが苦手で、暴れることでしか不満を示せない。そんな子供に灰谷ユズルはなっていたようだ。

「普段は、人懐っこい子です。暴れても、数時間経つと何事もなかったかのようにお菓子をせがんで、甘えてきます、ですが、いつまた暴れ出すかは誰にも分からない。

そんな有様が続きました」

まるで言い訳みたいな言葉が気に食わなかった。

黙って聞こうとしたが、我慢できなかった。

「なら、さっさと専門家の元に連れて行けよ。そういう施設があるだろう」

「カウンセラーの元に連れて行こうとすると、ユズルは不機嫌になって、激しく怒鳴り、家族に暴力を振るいました。特別機嫌の良い時に、ようやく連れて行くことができました」

アズサの母親は、話を進める。

灰谷ユズルが中学に上がる頃に祖父が亡くなると、カウンセリングに通わせることもできなくなる。

「身体が大きくなるにつれ、ユズルの暴力性は増しました。教師の車を壊し、他人の飼い犬を殺し、先輩をパイプ椅子で殴り……見かねたカウンセラーが、児童相談所に掛け合ってくれました。要対協に、つまり、警察や医療機関等が連携して対応してもらえるよう働きかけてくれました。ですが、児童相談所は取り合ってくれなかった」

「どうして？」

「児童相談所が業務過剰のため、相談を受けすぎないよう調整があったようです」

ボクはもう一度、椅子に腰かける。机に置いた包丁の峰をなぞる。

何かしながらじゃないと、聞いていられなかった。

「その一か月後、手のつけられなくなったユズルは、とうとう人を殺しました」

灰谷ユズルは、井口美智子という女性を殺害したあと、第一種少年院に入る。職員いわく、院では、ユズルに強い後悔が見られたようだ。

少年院を出たあと、彼は地元を離れて、保護司の監督の下、県外で一人暮らしを始めた。高校に通わず、小さなスーパーで働き出したという。気性は大人しくなり、暴力事件を起こすことはなかったようだ。灰谷美紀に、バイト先で友達ができたと自慢することもあった。

灰谷美紀もアズサもユズルの更生に安堵《あんど》して、息をついたという。

しかし、突如、そんな希望は壊れてしまう。

「今から一年半前の頃でしょうか、ユズルの職場から電話がかかってきて、彼が欠勤していることを知りました。どうやらユズルの過去が、とある週刊誌に載り、職場にイタズラ電話が舞い込み、周囲の人たちの態度が一変してしまった。それがかなりショックだったようです。わたしはすぐにユズルの家に向かいましたが、既にユズルは失踪していました。そこからたった一度も連絡は取れていません」

「それが、母親のわたしが知っている、ユズルの全てです」と彼女は説明を終えた。

沈黙が流れるなか、一つだけ質問をした。

「少年院を出たあと、同居をしようと思わなかったのか？」

「少年院の職員の方と相談のうえ、そうはしませんでした。ユズルの事件は、ここら一帯の住人は全員、知っていることです。夜に怪文書が投函《とうかん》されることもあれば、アズサの花壇が踏み荒らされたこともある。ユズルはまったく新しい土地で、生活させた方がいいと判断されました」

結果、灰谷ユズルは一人暮らしを始めた。

聞きたいことは大体、聞き終えた。

カードをもう一度、握りしめる。

「そんなの関係あるか」

ボクは声を張り上げる。

許してはいけない。

灰谷ユズルにどんな過去があろうと、復讐は完遂させなければいけない。

綺麗事《きれいごと》なんかじゃボクは決して救われないんだ。

「そう……」

「関係ないんだ。もし、アンタの言葉が本当だったとして、そんなの加害者側の都合だ！　加害者にどんな事情があろうと、失った家族が帰ってくることはないんだよ！」

手近にあった本を何冊もアズサの母親に向かって投げつける。

投げてから分かった。アズサの教科書だ。ボクは何冊も同時に投げつける。彼女の身体を本が掠《かす》める。教科書の硬い背と床がぶつかる鈍い音がした。

言葉が、止まってしまった。

【人殺しの妹】

そんなあまりに荒々しい文字が、目に飛び込んできた。

それは、アズサの教科書に記されていた、

黒く、太いペンで書かれたメッセージ。

【被害者には許してもらったの？　まだ謝罪にさえ行っていないの？】

【ガーデニングは楽しい？　井口さんはできないのに】

【兄が人を殺して、どうして生きていられるの？】

ボクは床に膝をつく。床に散らばった教科書にそっと触れる。

ページをめくるたび、別の落書きが目に入ってきた。

「小さな田舎町ですから噂《うわさ》は広まりやすいんです」アズサの母親が呟いた。

ボクは教科書から目が離せない。

その間も、アズサの母親は説明を続けた。

「アズサは、学校で酷いイジメを受けています。贔屓目《ひいきめ》かもしれませんが、それでも負けず、挫《くじ》けず、健やかに成長してくれたと思います」

気づかないフリをしていた。

想像はついていたのに。

やけに人懐っこいのに、友達が少ないというアズサの言動から察してはいた。

「……でも、そんなの関係ないんだ」ボクは同じ言葉を繰り返す。「お前らがどんな酷い目に遭っていようと、ボクには……」

必死に声を絞り出す。

アズサの母親は、終始、毅然《きぜん》とした態度でボクを見つめていた。

「そうです、全ては親の責任です。アズサは、悪くありません。そして、ユズルも、育てたわたしの過ちです」

彼女は、床に手を置く。

彼女の額が床に触れた。

「わたしを殺してください。どうか、ユズルとアズサだけは殺さないでください……」

音がした。

頭の奥で、火花のようなものが瞬《またた》いた。

ボクは肺から空気を全部絞り出すように喚いた。アズサの母親の横を通り過ぎて。廊下に飛び出した。泣きながら、叫びながら、ボクは廊下の壁に貼られたポスターを破いていった。

画鋲《がびょう》が弾《はじ》け飛《と》ぶ。千切れた紙片が宙を舞った。

ポスターは何十枚も壁中に貼られている。

ボクは片っ端から裂いていった。

サクラ、パンジー、ユリ、アジサイ、ベゴニア、ツバキ、カーネーション、ひまわり、それから、ボクが知らない花たち。ボクはありとあらゆる花のポスターを引き裂き、それが花弁のように廊下中に散らばっていった。

直感があった。

もし灰谷美紀の語ったことが真実ならば――――。

家中に貼られたポスターの意味は――。

ボクは、その花の写真を破り捨てて、露《あらわ》になったものを確認する。

——ポスターの下に隠れていたのは、壁に開いた無数の穴だった。

答えは明白だ。

灰谷ユズルが殴った跡だ。

灰谷ユズルが蹴った跡だ。

この家族を苦しめ続けた暴力の数々だ。

喚き続けながら、その痕跡を隠す花たちを剝がし続ける。指が痛くなってくる。画鋲が肌に刺さる。剝がすたびに新しい穴が見つかった。家族を苦しませ続けた証拠だ。

全てのポスターを破き捨てる。

穴だらけの廊下の先には、アズサの母親が立っていた。

「こんなの、卑怯《ひきょう》だ！」

無意識に訴えていた。

「土下座する人間を殺せるわけないだろう！　そんな非情になれるわけないんだ」

無理だ。

ボクには、不可能だ。

たった一年前まで、ボクはただの学生だったのだ。当たり前のように社会で生きて、人と接していた。どんなに相手が憎くても、殺人の重みは軽くならない。

ボクの包丁が人の肉を貫通し、骨にぶつかる。目の前に倒れる人が辛《つら》そうに呻き、その返り血がボクの手を染め上げる。そう想像しただけで怯えてしまうのに。

ボクは普通の人間だ。殺人鬼じゃない。

「……灰谷ユズルの、居場所は……本当に誰も知らないのか？」懇願するような口調になってしまう。答えはもう何度も聞いたのに。

アズサの母親が再び頭を下げた。

彼女の姿を見ていられなかった。気づけば駆け出していた。


ボクはただ闇雲に道を駆けていた。

上着を忘れてきた。冷たい風が体温を奪っていく。スピードが加速するほど、顔に雪が強くぶつかった。吐く息は、濃く白い。身体は燃え上がるように熱いのに、指先や耳が痛くなるほど冷え切った。

走ることをやめられなかった。

立ち止まれば、二度と歩けなくなるような気がして。

惨めだった。

妹のため、祖母のため、とあれだけ憤っていたくせに、包丁を手放して逃げ出した。カッコ悪い。恥ずかしい。なんてみっともなさだろう。ボクの家族に対する想《おも》いは、こんなものだったのか。

灰谷ユズルの家族を殺せない。

灰谷ユズルは、ボクの家族を奪った。なのに、ボクは灰谷ユズルの家族を殺せない。度胸がない臆病者だ。土下座する女性を刺殺する強かな覚悟《したた》がない。

「ボク、は」走りながら、言葉が口から洩《も》れた。「ボクは、」

言い終わる前に、雪に足をとられた。

無様に転ぶ。ロクに受身さえ取れず、鼻を地面に打ち付けた。鼻から血が流れ出す。溢れ出る血を拭って立ち上がる。近くにあったベンチに倒れるように、ボクは仰向けになった。

降ってくる雪を、こんな風に仰ぎ見るなんて初めてだった。

当たり前か。冷静に考えれば、雪の日に寝転がるなんて自殺行為だ。

雪がボクの身体に積もっていく。空からゆっくりと落ちてくる雪は、LEDの照明を反射して、青色に煌《きら》めいた。ボクに落ちてきた白い雪は、すぐには溶けない。まるで模様のように黒色のセーターを彩った。

背中で溶かした雪は、服に染み込み、体温を奪っていく。その冷たさにもだんだん慣れてきた。

このまま動かなければ、ボクは凍死するだろう。

なのに、すぐに起き上がる気にはなれなかった。

視線を横に向ける。そこに置かれていたのは、スノードロップの花壇。一度訪れたイルミネーションのあるフラワーガーデンの一角だった。

無意識に足を向けていたらしい。

雪に埋もれたスノードロップは、まだ咲く様子を見せない。

花を見ているうちに、妹の実夕を思い出した。

どうして、実夕は嘘をついたのだろう。

山に自生しないはずのスノードロップをなぜ『山で摘んできた』なんて誤魔化したのだろう。彼女の靴は泥で汚れていた——山道を歩いたことは間違いない。一体、山中で何があったんだ。

ボクに花を渡してくれた夜、実夕は死んでしまった。

真相を知っている人間は、おそらく灰谷ユズルだけだ。

問い詰めたい。けれど、彼を追う手段がない。灰谷ユズルの家族さえ、行方を知らない。

どこにも辿り着けない。

ボクは一体どうすればいいんだろう。

家族を失った心の穴を埋めることができるんだろう。

ＬＥＤライトの光が眩しくなって、ボクは目を閉じる。

視界は黒色に埋まっていく。

黒——ボクの色だ。

ずっと闇の中を歩き続けている。国会議員に詰め寄り、富田ヒイロに怒鳴りかかり、灰谷アズサを欺き、灰谷美紀を脅迫した。でも、心は晴れない。闇から抜け出せない。

復讐のあと死んでもいい——それだけの覚悟があったのに。

暗闇の中で響いてくるのは、無数の『声』だけだ。

『加害者は少年法に守られて、やりたい放題』『人を殺しても、数年後、普通に生きていくなんて許せん』『加害者本人が無理なら、親を処刑すべきだろ』

復讐を願ってくれた人がいた。ボクを哀れんでくれ、応援してくれた。何度も何度も思い出して、自分の心を鼓舞した。

でも——こんなの、もはや何の意味があるっていうんだ。

「全部、壊れてしまえ」唇が動いていた。「何もかも、ぶっ壊れてしまえ」

病院の霊安室で、誓った。

実夕の手を握って、口にした。彼女の指先は、燃えるようなピンク色だった。一酸化炭素中毒の症状。命を落とす前、彼女がどれほど苦しんだのか、想像するだけで涙が溢れ出た。

復讐を約束した。

犯人に失った対価を支払わせると宣言した。

ボクは、動き続けなきゃいけない。

どんな苦難があろうと、進まなきゃいけない。

だって、実夕はもう動かない。

彼女の心臓は、止まってしまったのだから。

「全部、全部、世界ごと、吹き飛んでしまえばいい」

意識が薄れていく。意志に反して、身体は疲れ切っていた。昨晩は寝れなかったも んな、と自嘲する。自分が人殺しになるかもしれないと考えると、一睡もできなかった。その緊張が限界まで達していたのだろう。

瞼《まぶた》の裏に広がる黒――そこに吸い込まれていくように、ボクは意識を手放した。

7

電車内に置かれた不審物は、また話題になった。

誰もが渡辺篤人のテロと結び付けている。

テレビの中では専門家が、電車内の不審物への注意を呼び掛けている。その後で、新宿駅の様子が映された。電車を避ける人たちで、駅にはタクシー待ちの行列ができていた。その列に男性レポーターが熱心に取材を試みている。それらのコメントが不自然に切り取られていたのが、印象的だった。おそらく『渡辺篤人』という本名を切り取ったのだろう。マスコミも未成年者のテロリストの扱いに頭を悩ませているようだ。コメンテーターは擁護することも過激な批判もできず、可もなく不可もない発言を繰り返す。

対照的に、ネットでは何一つ配慮されることなく、渡辺篤人の情報が晒されていた。渡辺篤人が暮らしていた施設や通っていた高校に電話する人間もいるようだ。その際の電話先の対応がつぶさに書きこまれていた。

十五歳の少年が、自身の顔と本名を晒して、爆破テロを引き起こす——そのあり得ない行動は、海外メディアにも大きく取り上げられた。どうやら日経平均株価にも一時期、大きな影響を与えたそうだ。

爆破テロそのものよりも、交通機関を停止させたことを批難する声も大きかった。メディアによって数百億、数千億と算出する経済損失額にはばらつきがあるが、怒りの声は噴出していた。

渡辺篤人を擁護するブログもあったことは、安藤にとっても意外だった。だが、内容を読んで、呆れた。渡辺篤人は現代若者が抱える不満を社会にぶつけたのだ、とテロ行為を強引に解釈した擁護だった。書き込みを見るに、渡辺篤人の整った外見を見て生まれたファンらしい。

芸能人のＳＮＳアカウントが炎上した。『渡辺篤人は死刑にするべき。少年法が甘すぎる』という書き込みのせいだ。コメント欄は、賛否両論。逮捕前に判断すべきじゃないという渡辺篤人の擁護と、よく言った、と称賛する声に分かれた。後者の方が圧倒的に多いようだが。

事件から時間が経つにつれて、次第に影響は広がっていった。

渡辺篤人はまだ、逮捕されない。

事件発生から三十二時間。ついに調査が暗礁に乗り上げた。

安藤は、灰谷ユズルの実家に向かったが、家族は不在だった。近隣の住人いわく、昨日から不在だという。行き先も知らない。元々、灰谷ユズルの母親である灰谷美紀は近所付き合いが乏しかったそうだ。灰谷ユズルが過去に起こした事件が原因だろう。誰も行方が分からないという。

灰谷ユズルの実家近辺で起こった事件については、荒川が調べあげてくれた。ここ数か月、物騒な事件は発生していない。行方不明の情報もない。少なくとも、渡辺篤人は、灰谷ユズルの家族を殺傷するような行為には及んでいないようだ。

これ以上、渡辺篤人の過去を追うことは難しいように思えた。

安藤たちは、次のカードを切った。灰谷ユズルにメールを送付する。富田ヒイロから受け取ったメールアドレスだ。

だが、メールの返信は来ない。警戒するのは当然だろうと諦める。灰谷ユズルは一度、週刊誌によって人生が壊されている。恨みもあるだろう。

安藤たちはその間、ほぼ一睡することもできずに動き続けていた。編集長は安藤たちの取材結果を褒め、次号に特集記事を載せることを調子よく即決した。渡辺篤人に起こった過去の事件、比津議員との口論、富田ヒイロの自宅への訪問、紙面を埋める情報は揃《そろ》っている。

けれど、渡辺篤人の心に迫ることができていない――そんな不完全な気持ちがあった。

結局、渡辺篤人とテロの因果関係は不明のままだ。

他に取材の当てもない。彼がいた施設や高校には既に取材を断られていた。さて、どうしたものか。

編集部で考え込んでいると、荒川が声をかけてきた。

「そういえば、電車内で見つかった不審物ってなんだったんですかね？」

不審物については、既に新谷から情報を得ていた。富田ヒイロの情報の一部を引き換えに、現在の調査の状況を教えてもらった。

「やはり硫化水素テロのようだ。バッグの中身は、洗剤と農薬だ。酸性洗剤と石灰硫黄合剤が時限式で混ざるようになっていた」

「混ぜるな危険ってやつですよね」

「あぁ。もし不審物の通報がなかったら、死者が出ていた可能性はある。逮捕されたのは女の子だそうだ。身分証もないし、完全黙秘だ」

この少女が何者なのかは、まだ不明だ。

だが、尋問するのは国家機関。警察で数時間も問い詰められれば、いずれ吐くだろう。

「警察はこの事件についてどう言っているんですか?」

「随分と困惑しているようだな。渡辺篤人の背景には、何の組織もない。渡辺篤人は単独犯、あるいは、数名の協力者だけでテロを起こしている説が濃厚だ。いわゆるローンウルフ型テロってやつだ」

安藤は、新谷が語ってくれた内容を告げた。

公安警察が各反社会団体の情報筋を当たったようだが、右翼や左翼、新興宗教団体も、全てにとって予想外の爆破テロらしい。

「安藤さん、やっぱりこの事件、どこか変ですよ」

「それは分かっている」

「篤人くんの目的が見えません」

それは日本中の誰もが気にかけている問題だった。

安藤たちにも、はっきりとした答えはない。渡辺篤人は復讐のために加害者を追ったことは判明しているが、一体それがどう爆破テロと繋がっていくのか。

「考えられるのは少年法への怒りですが、だとしたら、どうして犯行声明を出さないんでしょう？『ボクは少年犯罪の被害者です。少年法への憤りゆえにテロを起こしました』って声明を流せばいい。きっと賛同する人は多いですよ」

安藤は、いつかの荒川の激昂を思い出した。

渡辺篤人の過去を知れば、荒川のように渡辺篤人を擁護する人間も生まれそうだ。決してテロそのものを肯定する気はないが、彼の境遇と、彼の少年法に対するまっすぐな怒りは、大きな同情を呼ぶだろう。十五歳という年齢を考慮すればなおさらだ。

「けれど、このままでは、篤人くんは凶悪なテロリストとしてしか認知されません」

「『けれど』じゃない。渡辺篤人は、既に凶悪なテロリストだろうが」

「ですが、自分にはそれだけのようには思えません。何か目的があるんです。誰かに脅されているとか、きっと」

「確かに不明点は多いがな」

荒川の疑問はもっともだ。

渡辺篤人は、どうして犯行声明をネットに投稿しないのか。

少年法を憎むのなら、どうしてそれを世間に訴えないのか。

「いや違うか」と安藤は気がついた。「犯行声明を流す必要がないのかもしれない」

確認すべきことがある。

安藤はすぐに電話をかけた。


安藤は再び比津を呼び出した。幸い、彼は時間を作ってくれた。比津に連れられて、とある店の個室に案内される。

「すみません、呼びたててしまって。どうしても確認したいことがあります」

テーブルに着くと、すぐに安藤は話を切り出した。

「今回のテロは、少年法厳罰化の契機になりえますか?」

比津が、渡辺篤人や荒川に対して説明したことだ。少年犯罪の総数が減っている現状では、少年法の厳罰化を行うためには相応の事由が必要となる。

それは間違いない。感情に訴えるだけでは、中々、変わらない現実がある。

だが、実際のところ、少年法はこれまで何度も改正されているのだ。

「そうですね」比津は頷いた。「少年法の改正、特に厳罰化の議論を提起するには、強い動機が必要となります。たとえば、」

「少年法の想定から大きく外れる凶悪犯罪ですね」

安藤の言葉に、比津は「ええ」と頷いた。

代表的なのは、十四歳の少年による連続児童殺傷事件だ。この事件を契機に、刑事罰に問える最低年齢——触法年齢の引き下げが行われた。あるいは、長崎で起こった小学六年生の殺傷事件や十二歳の少年による誘拐殺傷事件。この事件を契機に、少年院送致の年齢がおおむね十二歳以上に引き下げられた。もちろん、一つの事件で改正されたという単純な話ではないが、法改正の大きな契機になったことは間違いない。

「私も同じ可能性を考えていました」比津が口にする。「渡辺篤人の目的が、少年法改正なら、ただ逮捕されるだけでいい。むしろ、彼自身が少年法改正を訴える方が世論の反発を招く」

それは十分にあり得そうなことだった。

仮に、テロリストの主犯である渡辺篤人が、少年法の厳罰化を具体的に叫んでしまうと、世間から顰蹙《ひんしゅく》を買いかねない。お前が言うな、と言われるのがオチだ。

「だとしたら」安藤は口にする。「渡辺篤人は、凶悪犯罪者として世間から非難されることを望んでいるということですか」

「マスコミが余計なことをしなければ、彼の望みは叶うでしょうね。ネット社会に緊密な世代の少年が、ネットで知り得た情報で爆弾を作製し、前代未聞のテロを引き起こす——少年法を変えるには、この上ない事例ですよ」

届いた烏龍茶《ウーロンちゃ》を口にして、比津は語った。

「しかし、マスコミが、渡辺篤人を孤独に耐えきれなかった悲劇の子として扱えば、世論は二分されるでしょう。もしかしたら、厳罰化という流れにはならないかもしれない」

安藤は、なんとも答えられなかった。

十五歳、大人ほど成熟はしていないが、子供とも言えない。あまりに微妙な年齢だ。世間は、彼をどう受け止めるだろうか。

「安藤さん」比津は身を乗り出した。「アナタを少年犯罪被害者を追い続けた仲間と見込んで告げます」

「なんですか」

「今は分水嶺《ぶんすいれい》にあります。事件に死者は出なかった。もちろん、幸いなことです。けれど、それによって少年法改正の決め手に欠けることは否めない。少年法の大幅な改正をするには、世論の後押しが不可欠だ」

比津は力強い眼差しを向けてくる。

「被害者たちの無念に報いるためには、渡辺篤人を更生の余地のない凶悪犯罪者と印なるほど、比津がここまで俺の取材に協力的なのはこのためか。

つまりは、世論を誘導しろ、と持ち掛けているのだ。

安藤は渇いた唇を舐めた。

「渡辺篤人は自身が凶悪犯罪者になることで、少年法の厳罰化に世論を導こうとしている──比津さんは、そんな仮説を本気で信じているんですか？」

「安藤さんもそう考えたんでしょう？」

首を横に振る。あくまでも可能性の一つだ。

扇動などふざけるな。そんな戯言《たわごと》に俺が乗ると思ったのか。

「決めつけるのは尚早です。自分は真実を歪めて、報道する気はありません」

安藤が比津の許を訪れたのは、確認のためだった。

政治家の浅ましい悪だくみに結託するためではない。

「比津さん、真実のない、世論を煽る記事などただのプロパガンダです。アナタは年々、地元選挙区で得票率を下げている。少年犯罪に対する過激な物言いでマスコミから袋叩《ふくろだた》きにされることもあった。今回の事件を利用して、長年厳罰化を訴え続けた男として評価を変えたい。そんな打算だって本当はあるでしょう？」

これほどセンセーショナルな事件だ。票集めにはうってつけだろう。

比津は新進気鋭の若手議員として注目されたが、次第にその注目度は落ちている。少年犯罪に対して過激な発言をして弁護士に揚げ足を取られたことも一度ではなく、党内で孤立しているという噂もある。ここらで大きな成果を求めたいという考えもあるだろう。

かなり穿《うが》った見方だったが、構いはしない。一気に言い切った。記者にジャーナリズムを手放すように迫る男を到底、仲間とはみなせない。

「それこそ真実ではないですね」

比津はきっぱりと否定する。

「私は渡辺篤人の悲願を叶えたいだけです」

「まだ、そうと決まったわけじゃない」

「安藤さんは見ていないんです。『どうして少年法が変わらないんだ』と私に訴えた渡辺篤人の表情を。綺麗事じゃ済まされない、被害者の応報感情をアナタは知っているはずだ。正しくなかろうが、世論を厳罰化に誘導するべきだ。誰よりも早く渡辺篤人を追ったアナタにしかできない。今回の事件は、大幅な改正を行うチャンスなんだ」

比津が射貫《いぬ》くような目つきで、安藤を見ていた。

彼の声には、強い怒りが込められていた。

「アナタは、なんのために被害者を追い続けたんだ！」

なんのため、か。

その力強い問い掛けに、安藤は即答できなかった。

内心では、比津の仮説が正しいのかもしれないと考える自分がいる。

渡辺篤人は少年法を憎んでいる。また、彼を支える家族ももういない。

『精神不安定な十五歳の少年が、加害者を守る少年法に憎しみを抱いた。彼は半ば自暴自棄になって、テロを引き起こす。犯行声明を流す必要はない。逮捕されれば、世間が勝手に厳罰化してくれるから』

そう整理してしまうと、筋が通っているようにみえる。

少なくとも、十五歳によるテロリズムという異常事態が起きている。

その異常を説明するには、十分に現実的な発想だ。

「しかし、渡辺篤人が単独犯とは思えない」安藤は口にした。「渡辺篤人がアナタから少年法の現状を教わり、事件を起こすまでの期間は四か月。爆弾を用意するには、短すぎる。協力者がいるはずです。まずは、その協力者を見つけてからです」

ただ論点を逸《そ》らしただけだった。その程度のこと、比津は見抜いているだろう。

胸がずしりと重くなった気がした。

その時になって、自分自身に渡辺篤人を擁護したい気持ちがあったことを悟った。

自分自身に呆れるしかない。

これでは、荒川のことを馬鹿にできないではないか。

・・・

「電話じゃ話せない内容ってなに？」

夜、警視庁の前で待っていると、新谷が現れた。

「すまん。ちょっと今回の情報は特別なんだ」

通話では、新谷もいずれ報道される程度の内容しか語ってくれない。警察には、通信の傍受などに警戒する規律があるのかもしれない。

安藤はまず「渡辺篤人の居場所はまだ摑めないか？」と確認した。

「まだ。渡辺篤人のスマートフォンは壊されているのか、電波を辿れない。おそらく二度目の動画は、別の端末で都内のフリーＷｉ-Ｆｉを使用し、匿名ブラウザを通し、アップロードしている。現在、寄せられた目撃情報を片っ端から追っているところ」

「どうして監視カメラの映像を公開しない？　爆弾を仕掛ける前後の映像は映っているだろう？」

新谷が小さく息を吐いた。

「上はその議論で持ち切り。相手が未成年の可能性が高いから躊躇ってる。でも、このまま逮捕されなければ、いずれ公開されるよ。で、本題は？」

「見てほしい写真がある。この男が事件に関与していないか？」

安藤は胸ポケットから一枚の写真を見せた。

二年前、あるスーパーマーケットで働いていた少年の写真だ。

「安藤、こいつを知っているの？」新谷は目を剝いた。

「先に俺の質問に答えてくれ」

新谷は、眉をひそめる。

だが、すぐに答えてくれた。

「渡辺篤人の関係者。駅のホームに爆弾を仕掛けたのは、この男」

「本当なのか？」声が上ずる。聞き間違いだと思った。「いや、そもそも渡辺篤人が、爆弾テロの実行犯じゃないのか？」

新谷は首肯し、すぐに説明してくれた。

実行犯が別にいると発表されれば、余計な混乱を起こしかねない。渡辺篤人と実行犯が逮捕されるまで報じないというのが、警察の判断だという。

「この写真をどこで？」新谷が小声で尋ねる。

安藤は額を押さえながら答えた。

「灰谷ユズル。三年前、美智子を殺した男だよ」

「こいつが」新谷の眉が動いた。「そう……あの男なのね」

新谷の表情に大きな変化がないのは、職業病だろう。

「貴重な情報をありがとう。コイツは、すぐに逮捕する」

頼もしい返事をくれると、新谷は再び警視庁の中に戻っていった。

だが悪いな、と安藤は内心で口にする。

安藤は、灰谷ユズルの連絡先までは教えなかった。

貴重な情報を手にしたのは、こちらの方だ。

灰谷ユズルが事件に関与している――ならば、呼び出す餌はいくらでも用意できる。

灰谷ユズルは、東京と神奈川《かながわ》の県境にある小さな町を指定した。

警視庁から離れた安藤は、すぐ灰谷ユズルにメールを送った。内容は嘘をちりばめた。取材倫理に反するが、関係ない。灰谷ユズルが食いつきそうな条件は、今まで得た情報から確信があった。

安藤の予想通りだった。

翌日の朝、灰谷ユズルからの返信があった。

灰谷ユズルが待ち合わせ場所に選んだのは、見晴らしのいい公園だった。入り口以外に監視カメラもない。柵を越えれば、なんなく入ることができる。そして、人が身を潜める場所がどこにもない。警察を警戒しているんだろう。

グラウンドの中央で待機するように、とメールには指示があった。

平日の公園には、安藤たち以外誰もいない。ただ冷たい風が吹いていた。

「本当に来ますかね？」と荒川が尋ねてくる。

今回の取材には、荒川も付き合わせた。安藤だけでは危険との判断もあったが、荒川自ら志願してくれた。

「過去に人を殺して、今回の爆破テロの実行犯なんですよね？　そんな奴がのこのこと現れるんでしょうか」

荒川には、灰谷ユズルの過去は一部伏せて教えている。安藤の恋人とは言わず、井口美智子という人物を殺害したという事実のみを説明していた。

「来るはずだ」安藤は時計を見ながら口にした。「俺の読みでは、な」

待ち合わせ時刻は、午前十一時。

その時刻から二十分近く遅れて、灰谷ユズルが現れた。

灰谷ユズルとは、しばらくぶりの再会となる。

体格は良い。身長も百八十以上はあるだろう。ニット帽を目深に被《かぶ》り、黒のマスクをつけ顔を隠している。唯一晒している目つきは悪く、絶えず、安藤と荒川を交互に睨みつけている。

野犬みたいな奴だ、安藤は思った。薄汚く、凶暴で、何にも縛られない獣だ。

「灰谷ユズルか」と安藤は尋ねる。

本当は、確認するまでもなかった。安藤は二年前、彼の姿を確認している。

「記者って凄《すご》いんだな」

マスクをずらして、灰谷ユズルが言った。低い声だ。

「ここまで早く辿り着くなんてな。警察だってまだ気づいていないんじゃないか？」

彼はズボンからバタフライナイフを取り出して、安藤に向けた。

「場所を移すぞ。いいか？　通報なんて考えんなよ」

人気のない場所に移動することは、安藤にとっても望むところだった。

ようやく辿り着けたのだ。情報を得る前に、警察に横取りされてはかなわない。

通報は、灰谷ユズルに全てを吐かせたあとだ。

問題は、この男がそんな通報を許すかどうかだが。


灰谷ユズルの指示に従い、安藤たちは前を歩いた。

見えてきたのは小さな廃工場だった。昔に停止したのだろう。壁面に書かれた企業名はもはや読めない。

安藤の記憶が正しければ、ここは町工場が栄えた土地のはずだ。衰退していくにつれて、廃業した事業も増えたのだろう。取り壊す費用も払えず、こうして廃工場だけが残っている。悪人が数日住み着いても、すぐには発見されないかもしれない。

シャッターの鍵は壊れていた。バールでこじあけたのだろうか。傷跡が生々しく残っている。

廃工場の中には、携帯食のゴミと空のペットボトルが散らばっていた。量から見るに、一人か、二人分だろう。見回してみるが、渡辺篤人の姿はない。

「ここにいるのはオレだけだ」

灰谷ユズルはペットボトルを一つ摑むと、勢いよく飲み干した。立て続けに、二本。

その異様な渇きに、以前出会ったハーブ依存症の若者を思い出した。もしかしたら、灰谷ユズルもそういったドラッグに手を染めているのかもしれない。

うまそうに口を拭いて、灰谷ユズルは言った。

「オレがアンタたちを信用するのは、アンタのとこの週刊誌は悪ガキに容赦ねぇからだ。以前、オレの記事を書いたな？　何一つの躊躇なく、な」

その記事を書いたのは自分であることを安藤は告げなかった。怒らせるのは得策ではない。

「その口ぶりだと、テロの目的は、やはり少年法の改正なのか」と尋ねる。

「そこまで気づいているのかよ。説明が省けていいや」

灰谷ユズルは声を押し殺したように笑った。「オレに協力しろ」

安藤や比津の推測は正解だったようだ。

この爆破テロの根底にあるのは、少年法だ。

「だが、分からないな」安藤は相手を見つめる。「どうしてお前が関与している。お前が改正のために行動する動機が見えない」

「なんだ、そっちは何も分かってないのかよ」

嘲るような笑みが気に食わない。

あえて挑発に乗っておこう。ここで舐《な》められたら話が進まないかもしれない。

「お前自身に動機がないなら——お前は雇われたんだな？」

灰谷ユズルは「正解だ」と偉そうに口にした。

態度の一つ一つが大人をバカにしているとしか思えない。

「詳細を話せ。俺たちに手伝ってほしいことがあるんだろう？」

「調子にのんな」

灰谷ユズルはドラム缶を蹴り飛ばした。

中身は入っていないようだ。工場内に音が鳴り響く。

「雇い主のことは聞くなよ？　顔は見てねぇ。一度、電話で喋《しゃべ》っただけだ」

灰谷ユズルは、一気に語った。

「一年か、一年半くらい前だよ。オレは専門学生の女と同棲して、たまに日雇いしつつ、ぐだぐだ過ごしてた。女に家賃を請求されてイラついていた時、突然、電話がかかってきた。相手は、男だ。オレの過去を全部、知ってた。儲け話があるっていうから会いに行ったら、そいつの部下っつう男がいてスカウトされた。言われた通りの物を作ったら一万円をその場でくれた。日雇いするより効率がよかった。続けたら、額は増えた。数回やったら、爆破テロのことを教えてくれた。悪い話じゃなかった。どうせオレは無職だ。失うものなんてない。それに実行犯になれば、刑務所から出たあと成功報酬で暮らしていける」

灰谷ユズルは、もう一度、ドラム缶を蹴り飛ばした。

「以上だよ。くだらねぇことは質問すんなよ」

彼はスーパーの職場から失踪後、どうやら女性の家に上がり込んだらしい。目も当てられない生活を送っていたのだろう。雇い主に関わらなくとも、犯罪者予備軍として生きていたに違いない。

「そんな怪しい話に君はのったのか？」と荒川が尋ねた。

灰谷ユズルは、その質問には答えない。

無言だ。退屈そうに地面を見つめ続ける。

荒川は追及を続けた。

「途中から、爆破テロの片棒、いや、主犯にさせられていると気づいていただろう？」

この質問にも、灰谷ユズルは答えない。無言で地面を睨む。

「まだ君は人を殺し足りないのか？」

荒川の声が大きくなる。

灰谷ユズルは表情一つ変えない。

「君は更生しようとは思わないのか？」荒川は声を張り上げた。

「うるせぇ。くだらねぇ質問はすんなって言っただろ」

灰谷ユズルは力強くドラム缶を蹴り上げた。ドラム缶は倒れて地面を転がり、そのまま壁にぶつかって停止した。

荒川が息を呑んだ。

灰谷ユズルは唾を飛ばし言葉を吐き出した。

「オレのおかげで、てめぇら、厳罰派の望みは叶う。前代未聞の十七歳の爆弾テロだぜってー、少年法は厳しくなる。ガタガタ言うなよ」

荒川の表情が次第に険しくなっていくのが見えた。歯を食いしばっている。

今回は安藤も、荒川を諫《いさ》めはしなかった。

荒川の怒りは、まっとうだ。灰谷ユズルには、罪の意識がまるでない。

灰谷ユズルはへらへらと軽薄な笑みを見せる。

荒川の顔が燃え上がるように赤くなった。

「君の言う通りかもね。法を改めるべきだ。人を殺しても、何も反省しない奴に人権なんて必要ない」

灰谷ユズルは満足気に口にした。

「だから、オレがその望みを叶えてやるって」灰谷ユズルは歯を見せてくる。「どうせオレには関係ねぇし」

安藤は拳を握りこんでいた。ずっと向き合い続けた問題だ。

本当に保護なんて必要あるのか。

頭では理解している。国家には、少年である以上、矯正教育を施す義務がある。社会は彼らを見守り、更生を支える必要がある。そうでなければ加害者は再び、社会に害を及ぼし、新たな被害者を生み出すだけだ。

だがこんな奴まで更生させなきゃいけないのか。

「性根が腐っている」と荒川が口にした。

荒川もまた安藤と同じ衝動に駆られているようだ。

苛立たし気に「本当に救いようがない」と言葉を漏らした。

「救いようがない？」灰谷ユズルは声をあげた。「オレの恐怖が分かってたまるか！まともに働こうが、友達や恋人を作ろうが、週刊誌に晒されれば全部無駄になるって突きつけられたんだぞ！　どうせ無駄になんなら、最初から犯罪に手を染めて大金稼いだ方が得じゃねぇか！」

「全部、キミの自業自得だろう。甘えたことを抜かすな！」

「少なくとも、雇い主はオレを求めてくれた。キミが必要だ、って言ってくれたんだ。その有難《ありがた》さは、お前らには理解できねぇよ」

どこかウットリしたような声で灰谷ユズルは告げる。

これ以上の議論は無駄だと諦めた。この男にはどんな言葉も届かないだろう。

安藤はドラム缶の側面をペットボトルで叩いた。

乾いた音が、響く。

灰谷ユズルと荒川が同時に、安藤に視線を向けた。

「もういい。黙れ」

安藤は掴んだペットボトルを投げ捨てる。

「お前のおかげで、ようやく確信が持てた。このテロの全貌が」

大きく息をつく。

この男の腐りきった態度こそが最大のヒントだった。

情報を順番に紐解《ひもと》いていけば、納得できる結論に辿り着けた。

「なぁ、灰谷ユズル、一つ聞いていいか？」

安藤は、口にする。

「渡辺篤人は、爆破テロと無関係なんだな？」

というより――闖入者《ちんにゅうしゃ》と言うべきだろうか。

隣にいる荒川が「え」と声を漏らした。

灰谷ユズルは肩を震わせて、安藤を睨みつけている。

どうやら正解のようだ。

安藤は思わず笑い出しそうになった。悔しそうな灰谷ユズルの表情におかしみを覚えただけでなく、今まで愚かな勘違いに振り回されていた自分を嘲りたかった。

ずっと誤解をしていた。

そもそも爆破テロの首謀者は、渡辺篤人じゃない。

「お前と雇い主の計画はシンプルだ。十七歳の少年が、自らの手で爆弾を作製し、仕掛け、二人以上の人間を死に至らしめる。本来死刑になる加害者は、十七歳だから死刑にならない。世論の反発は凄《すさ》まじくなり、少年法が厳罰化に向かうには十分だ」

凶悪事件が起きるたびに、少年法は改正されてきた。

十七歳の少年が、自作した爆弾でテロを引き起こす。平日の朝に混み合う新宿駅のホームで起爆させていれば、死者は間違いなく出ただろう。しかも、その少年は再犯だ。改正の発議を行うには十分すぎる契機となる——そのはずだった。

「だが、失敗した。渡辺篤人の爆破予告で、電車が停まったから」

前例のない、顔を晒した犯行予告は、駅構内から人を避難させた。爆弾はほとんど無人のホームで作動し、本来、出るはずの死者が出なかった。

灰谷ユズルの証言で確信したことだ。灰谷ユズルの口からは、渡辺篤人の名前がまったく出てこない。灰谷ユズルと渡辺篤人は、協力関係じゃない。

渡辺篤人は、人殺しのテロを肯定しない。

あの少年が、灰谷ユズルのような悪人と手を組むはずがない。

「焦ったお前は、次の行動に出る。硫化水素のテロだ。同居している女にやらせたか。だが、これも失敗に終わる。渡辺篤人の二度目の爆破予告のせいだ。ホームには警官の厳戒態制が敷かれ、乗客全員も車内を警戒していた。不審物を置いて、逃走なんてできるはずがない」

安藤は、笑みを浮かべてみせた。

「お前の計画はことごとく、渡辺篤人に潰されているんだ」

雇い主と灰谷ユズルの契約がどんなものだったのかは想像がつかない。

だが、灰谷ユズルの余裕のなさを察するに、かなりの成功報酬を受け取るはずだった。

なのに、灰谷ユズルは、無惨に失敗した。死者のないテロ。少年法の改正の発議とするには、あまりに心もとない事件だ。

灰谷ユズルがシャッターを殴りつけた。

「うるせぇよ！」灰谷ユズルが喚き散らす。「計画は完璧だったはずなんだ！」

堪え切れない怒りに駆られているのか、唇が細かく震えている。

「どこかで漏れたんだ！　誰かが渡辺篤人に情報を漏らしやがった！　それさえなければ、オレは成功報酬を受け取って、今頃、自首できたんだ！　人生をやり直す、あと一歩まできてたんだよ！」

灰谷ユズルは、安藤を睨みつける。

「お前らは厳罰派なんだろう。だったら、協力しろ！　なんとかしろよ！」

その一心でメールに返信してきたのだろう。

かなり追い詰められているらしい。

彼と雇い主が計画したテロは、十五歳の少年によって潰された。

安藤は、彼が窮地に立っていると見抜いた上で連絡をとったのだ。助けてやる、という餌をぶら下げて。藁《わら》にも縋るような思いで、灰谷ユズルは返信を寄越したに違いない。

安藤は本心を告げてやった。

「確かに、俺は厳罰派だ。けれど、お前に協力する気は毛頭ない」

期待を裏切られたからだろう。

灰谷ユズルは雄叫《おたけ》びをあげた。再びバタフライナイフを握ると、安藤に向かって突っ込んでくる。見境なく刺す気だ。

ナイフは、安藤にぶつかる直前で止まった。

荒川が灰谷ユズルの腕を抱え込むように摑んでいる。そのまま荒川は灰谷ユズルの足を払い、見事な腰車を決めてみせた。

灰谷ユズルは地面に背中を叩きつけられ、凶器を取り落とした。荒川はもがく灰谷ユズルを容赦なく押さえつけている。

安藤がすぐさまナイフを回収する。そして、直ちに灰谷ユズルの捕縛にとりかかった。使用したのは結束バンドだ。自力では抜け出せないだろう。

荒川が力強く押さえつけたこともあり、灰谷ユズルの捕縛はすぐに終わった。腕と足をバンドで完全に固定する。

「助かったよ、荒川」

「危なかったですね」荒川は息を吐いた。「コイツ、このまま警察に突き出しましょう」

念のために防刃ベストは羽織っていたが、刺される箇所によっては大怪我を負いかねなかった。

この時初めて、荒川を連れてきて良かったと実感した。

「お前の言う通り、荒川の武勇伝を警察署で喧伝《けんでん》したいところだがな、警察に突き出すのはもう少し後だ」

そう説明すると、荒川が声を張り上げた。

「まさか、こんな犯罪者を匿う気ですかっ⁉」

「録音データを持って帰社してくれ。ここから先は俺一人でやる」

善良な行動とは言えないだろう。責任は安藤一人で担うつもりだ。

荒川が納得いかないとばかりに主張する。

「もう事件の真相は判明したでしょう？　篤人くんは、テロを防ぐために爆破予告を行ったって。調査は十分じゃありませんか」

安藤は首を横に振る。

「いや。まだ、渡辺篤人が自首しない理由が不明だ」

ただテロを阻止するだけなら、今この時も潜伏し続ける必要はない。

何か、まだ何かあるはずだ——。

安藤は、何とか逃げようと地面で這《は》いずり回《まわ》っている灰谷ユズルに近づいた。

彼のポケットに手を伸ばすと、一台のスマホが入っていた。

「まだ話を聞いておきたい奴がいる。灰谷ユズルの計画を渡辺篤人にバラした人物。そいつが渡辺篤人の真相を知っているはずだ」

灰谷ユズルは無言のまま睨みつけてくる。

もしかしたら、彼にも心当たりがあるのかもしれない。

安藤はスマホを荒川に差し出した。ここから離れた場所でスマホの電源を入れて、ある人物の連絡先を教えるよう指示を出す。灰谷ユズルのスマホを所持して警察に目をつけられた時の言い訳は、荒川に任せることにした。

荒川には迷いがあったようだ。安藤をじっと見つめる。だが、すぐに決心してくれたらしい。安藤に頭を下げたあと、すぐに走り去った。

安藤はただ、目を閉じて待ち続けた。

灰谷ユズルと争っているうちに、事件は思わぬ方向に動いていた。

渡辺篤人が入所する施設の代表が、記者会見を開いたのだ。

早すぎる、と感じた。事件の全貌はまだ明らかになっていない。

安藤はその様子を動画サイトで確認した。

初老の男性が無数のレポーターに囲まれて、頭を下げ続けている。顔は青く、死人のようだ。

世間のバッシングに耐えきれなかったのだろう、安藤はすぐに理解した。マスコミは渡辺篤人が暮らしていた施設を摑んでいる。施設周辺をつけ回し、衆目に引きずり出したのだ。

代表が語ったのは、渡辺篤人の施設での様子だった。

報道陣は、彼に容赦なく質問をぶつける。『扱いに難しさを感じたのではないか?』『少年の孤独をもっと気にかけるべきではないのか』『犯罪の予兆に気がつくことができなかったのか?』

彼はどの質問にも汗を流して、しどろもどろに答えた。彼が発言するたびに、質問ではなく野次に近い声が上がった。カメラは施設の代表を映すだけだ。野次を口にした人間の顔は見えない。

代表は度重なる質問に、次第に涙を流し始めた。

堪えきれなくなったのか、強い口調で発した。

「思う訳がないんだ。ある日突然、自分の周囲から犯罪者が出るなんて。そんなことを日頃から考えている人間がどこにいるんだ」

報道陣から一斉にどよめきが起こった。十数人が同時に発言を批難するような質問をぶつけ、記者会見どころではなかった。

司会者も慌てたように、代表を宥《なだ》めた。記者会見を打ち切ろうと締めにかかった。

最後に、司会から「逃走中の少年にかける言葉はありますか？」と質問された彼は答えた。

「篤人くん、すぐに自首をしなさい。私と一緒に、被害者の方々に謝罪をしよう。キミの孤独に気がついてやれなくて、本当に申し訳がない」

なおも質問をぶつけ続けるマスコミに背中を向けて、代表は去っていく。

動画はそれで終わりだ。コメント欄に並んでいるのは、心ない罵倒。数十の『無責任』という書き込みを見つけて、安藤はスマホをしまった。

「やっぱり渡辺篤人は、もう終わりだな」と灰谷ユズルは笑う。

動画の音声を聞いていたのだろう。

灰谷ユズルが笑みを零す。

無駄だと諦めたのか、抵抗する素振りは見せない。近隣住民に助けを呼んでも、どの道、通報されて逮捕されるだけだ。もうこの男は詰んでいる。

しかし、代わりに挑発的な発言を口にするようになった。悪あがきだろう。

「一生、人前には出られないだろうな。このおっさんも、渡辺篤人も。っつうかさ、今頃、自殺でもしてるんじゃないのか？」

安藤は戯《ざ》れ言《ごと》には返答しなかった。

説教や批判の言葉が響くような相手ではない。

「随分と軽薄に他人の生き死にを語るんだな」安藤は、ふと尋ねた。「お前は三年前の事件について、どう思っている？」

灰谷ユズルは安藤を睨みつける。

「井口美智子のことか？」

「名前くらいは憶《おぼ》えていたんだな」

意外だ。世の中には、被害者の名前さえ記憶しない加害者だっている。

「あの一件は、悪いことをしたと思うよ。それは嘘じゃねぇ。けど、オレは週刊誌に晒される前は、真面目にスーパーで働いていたんだ。家に泊まったりゲームするような友達もできた。水族館デートまでこぎつけた女もいた。あの場に居続けることができてたら、犯罪には二度と関わらないでいただろうよ。過去のことをいつまでも引っ張り出してくんじゃねぇ」

「過去のことか」

安藤は、灰谷ユズルの言葉を繰り返す。

この男にとっては過去のことなんだろう。だが、安藤には昨日のことのように思えた。

「俺はお前が更生したとは思えない」安藤は首を横に振る。「被害者の家に謝罪さえしなかっただろう？　妹や母親は訪れたのに、お前は一度も行かなかった」

「だからって、個人情報を晒していい理由になるかよ。その結果、オレは犯罪者になるしかなかった」

「責任転嫁も甚だしいな。一度職を失おうと犯罪以外の道はある。それに、記事がなくとも、お前は犯罪者になっていたさ」

「渡辺篤人に同じこと言えるのか？」どこか蔑むように灰谷ユズルは笑う。「オレが職を追われた結果、渡辺篤人の家族は亡くなったんだぞ？」

強引な論理だった。バカバカしいと笑い飛ばしそうになるほどの。

だが、言葉を飲み込んでしまった。

一理あるのか？　因果関係がまったくないと言えるか？

「記事さえなければ、渡辺篤人の家族は生きていた」

灰谷ユズルは喚き散らす。

「あの記事を書いた奴は、もしかして自分が正義だと思ってんのか？」

まるで安藤の心を見透かしたような発言だった。

記事を載せたのが安藤だと、この男は知らないはずだが。

動揺を気取られないよう口を噤む。その時、シャッターが開かれる音が工場内に響いた。

視線を向けると、一人の少女が立っていた。

グレーのロングコートを羽織った、線の細い子だった。

「アナタが安藤さんですか？」彼女が口を開いた。「あの、アナタはどういう立場なんですか？　兄とは敵対しているようですが」

彼女が灰谷アズサだろう。

安藤は優しく、「少なくとも俺は渡辺篤人を気にかけている」と言った。

灰谷アズサは肩の力を抜いて、息をついた。

彼女の様子からして、彼女もまた渡辺篤人を好意的に捉えているらしい。

突然、赤の他人から廃工場に呼び出されたら警戒するだろう。それは申し訳なかった。

「時間がない。話せることをすぐ教えてくれ。君は、渡辺篤人についてどこまで知っている？」

「おそらく、何も知りません」灰谷アズサは首を横に振る。「ですが、彼とテロの関係について、私が一番よく語れると思います」

彼女は静かに尋ねてきた。

「助けてくれるんですか？　篤人のこと」

「やはり助けが必要な状況なんだな。今の渡辺篤人は」

灰谷アズサは首肯した。

「そうです。篤人を救ってほしい。縋るような想いで、私はここに来ました」

安藤と、そして、灰谷ユズルに言い聞かせるように、ゆっくりと語り出した。座ることもせず、立ったままの姿勢で。

長い話だった。

十五歳の少年が、テロリストに堕ちるまでの物語だった。

8

ボクが仰向けに倒れていると、誰かが傘を差しかけてくれた。

雪が止《や》む。

「篤人」傘を持った人物が声をかけてくる。「このままじゃ死んじゃうよ」

失っていきそうになった意識を取り戻す。

ボクはゆっくりと状況を思い出していく。

そうだ、復讐なんて何一つ上手《うま》くいかず、ボクは灰谷ユズルの実家から逃げ出したのだ。その後、花の咲き乱れる公園でボクは倒れ伏した。

視線を向けると、そこにはアズサが立っていた。

彼女が折りたたみ傘をボクに被せてくれた。

アズサはボクの身体に積もった雪を払う。小さな手で何度もたたいて、雪を退けてくれる。ボクはその手から逃れるために起き上がった。

彼女の助けなんか要らない。

灰谷ユズルの妹に救ってほしくなんかない。

「母さんから聞いたよ」アズサが話しかけてくる。「本当に、兄さんの被害者なの？」

「そうだよ」ボクは答えた。「キミの兄が、ボクの家族を殺した」

母親から全てを聞いただろう。

ベンチから立ち上がって、雪を落とした。身体の芯まで冷え切っている。どこか暖かい場所に行かないと、風邪をひきそうだ。

アズサはボクの荷物を持ってきてくれた。すぐに受け取ってコートを羽織る。

ボクはアズサに別れを告げる。小さく手を振った。

「でも、安心して。ボクはキミと二度と会うことはないから」

去ろうとすると、アズサはボクの腕を摑んできた。

なんだ？

振り払おうとすると、彼女は「ねぇ、協力できないかな？」と口にする。

協力、というワードが瞬時に理解できなかった。

アズサの瞳は真剣だった。まっすぐボクの瞳を見据えている。

「もしかしたら、兄さんと連絡とれるかも。メールアドレスは知っている。送っても返信なんて来ないから、まだ生きているかどうかも分からないアドレスだけど」

バカバカしい。

その程度の連絡先なら、とっくに富田ヒイロから受け取っていた。

彼女の腕を強く振り払う。

「よく分からないな。どうしてキミがボクに協力するんだ？」

ボクが彼女の母親に包丁を向けたことは知っているはずだ。ユズルの家族には敵意はないが、ボクはまだユズル本人をこの手で刺したいと願っている。

アズサは小さく頷いた。

「放っておけないから」

思わず噴き出してしまった。

「なにそれ、捨て犬でも拾っている気持ち？」

コイツはまだ状況が理解できていないのか。

むしろ、侮辱のように聞こえる。

「言いたくないけどさ、キミがボクに親しみを抱くなんて滑稽なんだよ。傍から見れば、いじめられっ子が、偶然出会った同世代と仲良くなって舞い上がっているだけだ。全部ボクの演技と知らずに」

「そんなんじゃない」

アズサが声を荒らげる。

ボクは相手にしなかった。図星を指されているようにしか見えなかった。

「傷ついた？　でも、ボクが味わった苦痛はそれ以上だから。実夕は死んだのに、灰谷ユズルの妹がのうのうと生きている時点でストレスしかないんだよ」

自分でも呆れるくらいに、酷いセリフだった。

だが、紛れもない本心だ。

彼女が楽しそうに学校生活を語るたびに、ボクがどれだけ怒りに震えたか。アズサは想像もつかないだろう。

彼女は今にも泣きそうに顔を歪める。

ボクは顔を背けて、すぐにその場から離れた。

協力、とアズサは軽々しく言った。

無茶苦茶だと思った。そう簡単に同意できるわけがない。

ボクは雪の中を歩きながら、アズサとの関係を整理する。

被害者家族と加害者家族。ボクの妹は亡くなり、灰谷ユズルの妹は生きている。

そう言葉を並べると、演技とはいえ、彼女と仲良く口を利いたことさえ、実夕に謝罪したくなった。

スマホの通話アプリを起動して、アズサの連絡先を消去した。

残っていた最後の連絡先も失った。

灰谷ユズルを辿る手掛かりも、灰谷ユズルの家族に復讐する勇気も、ただ一人の仲間もない。

今のボクには何もなかった。


駅に辿り着くと、アズサが待っていた。

改札の前で、睨みを利かせている。まるで門番か何かのようだった。

「しつこいな」とボクは呟いた。この町から出る交通手段は、電車しかない。徒歩で帰れる距離ではなかった。ボクに逃げ場はない。

どうしてボクより先に駅に着けるんだ。そう一瞬考えたが、答えは一つだ。

彼女は、最初からボクに遠回りの道を教えていたのだ。その理由までは推理できないけど。

仕方なく改札に近づくと、彼女が口にした。

「どうすれば許してくれるのか、教えてほしい」

ボクは追い払うように手を振った。

質問が的外れだ。子供のケンカじゃないんだから。

「許すとか、許さないとかじゃない。気が済まないなら、一生イジメられていろ」

彼女の横を通り過ぎようとする。

すると、またアズサに腕を掴まれた。

「それは、嫌だ」

「どうして？　自分が可愛《かわい》いからか」

嘲るように笑ってみせる。

ボクの露悪的な言葉にも、アズサの表情は揺るがない。唇をきつく結んだままだ。

「ずっとそれが正解だと思ってた。私たちは加害者家族だから、幸せになっちゃいけないんだって。イジメもただひたすら堪えようって。でも、そんなことしても、井口さんの家族や篤人のために何もならなかった。自己満足だった」

アズサはボクの腕を放して、頭を下げた。

「篤人の苦しみにずっと気がつかなくて、ごめんなさい」

彼女の言葉に対する反論は、すぐに浮かばなかった。

加害者の家族は不幸であってほしい。そう願う感情はあった。でも、彼女たちが本当に不幸になったところで、ボクの人生にどれだけ意味があるのか。アズサを見て、そんなことを思う。

だが、やっぱりよく分からない。

彼女がどうしてボクに手助けなんかを申し出るのか。

ボクは挑発するような口調で言い放った。

「なに、まさかボクに惚《ほ》れてたとか？」

「そうだよ」

アズサはあっさり認めた。

「ついさっき、失恋したけどね」

思わぬ言葉だった。

けれど、どこか納得する自分がいた。

「……そうか」

ボクは口にした。

「だとしたら、ボクはとても酷いことをしたね……」

計算違いだった。

ボクは、彼女とただの友人として接しているつもりだった。けれど、彼女の中では違ったらしい。彼女はボクを異性として捉えていたのだ。ボクたちの年代なら、むしろそっちの方が当然なのかもしれない。

ボクは彼女を欺くどころか、恋心まで利用して踏みにじった。

「私が言うのもなんだけど」アズサは口にした。「相当酷いことを篤人はしたよ。私にとっては、初恋だった。クラスメイトに飲み物をおごらされて、気づけば財布も盗まれて、一人泣きそうになっていた私に声をかけてくれたのが篤人だった。篤人と電話している時は、人生で一番素敵な時間だった」

なのに、ボクは裏切った。あまりに利己的な理由で。

もしかしたら、最初から事情を打ち明けていれば、彼女は協力してくれたかもしれないのに――。

彼女は目に涙をためて、訴えてくる。

「それでも、篤人は私の兄さんの被害者で、一度とはいえ惚れた相手だから。協力をしたい、って私は言ってるの」

その言葉を彼女が吐くことに、どれだけの苦悩があっただろう。

すぐに返答はできなかった。

ボクには、ボクの物語があるように、彼女には、彼女の物語がある。

どんなに弁解を並べようと、無垢《むく》で、孤独な少女を言いくるめて利用した事実は変わらなかった。

ボクは、大きく息を吸った。

後ろめたさかもしれない。自然と、彼女の提案を受け入れることができた。

いくつもの葛藤を乗り越えて、歩み寄る彼女に比べ、ただ激情をぶつけるだけのボクは幼稚に感じられた。

「……ボクは、灰谷ユズルに会いたい。家族を殺された真相を知りたい。もしもの時は、自分が何をするのか保証できない。それでも構わないなら、協力してほしい」

申し出ると、彼女は小さく頷いた。

「それから」ボクは呟いた。「意地の悪い言葉をぶつけて、ごめん」

なし崩し的な和解だった。

こうして、ボクとアズサは協力することになった。


ボクらの仲は最悪からスタートした。

それでもアズサと一緒にいたのは、灰谷ユズルに会えるかもしれないという一縷《いちる》の希望。アズサがボクに協力してくれたのは、身内が起こした事件の贖罪《しょくざい》ということだろう。

そんな感情でかろうじて繋がっていたが、険悪な関係には変わりない。

ボクは、彼女の兄を憎悪している。

アズサは、恋心を弄ばれたことを根に持っているようだった。

馴れ合えるわけがない。ボクたちはケンカばかりだった。

友達や恋人とするような仲直りを前提としたケンカじゃない。ボクは本気でアズサに怒鳴り、彼女を泣かせてしまうこともあった。アズサは必死に訴え、ボクは何も言い返せずに逃げ出すこともあった。

ボクはアズサを全面的には信用できなかった。彼女の言葉が全て嘘という可能性もあり得る。本当は、灰谷ユズルの居場所を知っていて、ボクに隠しているかもしれない。

だから、ボクは「日記を見せてほしい」とアズサに伝えた。

その時、ボクと彼女が会っていたのは彼女の家だった。ボクと彼女が会うのは、自然とアズサの自宅と決まっていた。

ボクの提案に、アズサは首を横に振った。

「ごめん、篤人には見せられないよ」

「理由を聞いていい？」

「ほぼ毎日、愚痴や恨み事が書いてある……中には、篤人が気分を悪くする内容だってあると思う。加害者側の傲慢な本音でも、どこかに書いて吐き出すしかないから」

アズサは苦しそうに目を伏せた。

けれど、ボクも譲れなかった。

「キミがどうしても見せたくないなら、無理にとは言わない。けれど、ボクは灰谷ユズルを追いたいし、その情報が少しでも日記にあるかどうか、自分の目で確認したい」

卑怯な言い方だという自覚はあった。彼女が断れないことを知っていたから。

やがてアズサは「わかった」と呟き、分厚いノートを持ってきた。

ボクはアズサの日記を確認する。

力強く、整った筆跡で、文字がびっしりと並んでいた。

彼女の言う通り、書かれていたのは愚痴ばかりだった。実際に受けたイジメの内容がつぶさに記されている。

彼女が送ってきたのは、辛く、苦しい日々だったことが分かる。

けれど、日記に書かれていたのはそんな記述だけではない。

『どうして私がこんな目に遭わなくちゃいけない』

『今日も、教科書を引き裂かれた。一週間連続』

『悪いのは全部兄さんなのに。どうして私が水をかけられなきゃいけない？』

『じっと堪える。悪いのは私の身内だ。でも、いつまで？』

目に飛び込んできた瞬間、ボクの中から、熱いマグマのような感情が噴き出した。

衝動を止められなかった。頭に思いついた感情をそのままぶつけるしかなかった。

——殺人犯の妹のくせに、被害者ぶるなよ。

——水をかけられたからなんだよ。お前の兄は、もっと酷いことをやったんだぞ。

ボクが言い放つ言葉を、アズサはじっと黙って聞いていた。

拳を膝の上に乗せて、ただ聞き続けていた。でも、ボクの言葉は口が止まらなかった。激情を全て出し切るまで続けるしかなかった。

彼女に謝ることができるまで、どれだけ時間がかかったのかも分からない。

「……確かにキミの言う通りだった」後に残ったのは、ただの空《むな》しい感情だった。

「ボクは、この日記を見るべきじゃなかった。ごめん」

「篤人が謝ることじゃないよ」とアズサは小さく呟く。

彼女は力ない声で、ボクに対する謝罪や気遣いを伝えてくれた。けれど、彼女の表情には、傷つけられた哀しさがはっきりと浮かんでいた。

自分で撒いた気まずさにしばらく耐えるしかできなかった。

そんな口論は、日常茶飯事だった。

ボクとアズサの間には、簡単には埋まらない溝があった。


しかし、一つの雑談からボクとアズサの関係は変わり始める。

灰谷ユズルと再会する方法について話し合っている時だった。

会話はピリピリとしていたし、先行きの見えない議論に頭が痛くなっていた。きっと話題を変えたかったのだろう。

アズサがボクの所持品について、疑問を持ったのだ。

「篤人がいつも持ち歩いているそれって、もしかして妹の？」

アズサがボクのポケットを指差した。スノードロップのカードがはみ出している。

ボクは落とさないよう、ポケットの奥に押し込んだ。

「前も言ったかな？　妹が誕生日にくれた花だよ。枯れたからカードにしたんだ」

「……どうして枯れちゃったの？」

「暑くなってきた頃から、だんだん元気がなくなった。水も肥料もあげたんだけど」

土を入れ替えたり、日当たりのいい場所に移したりした。妹が最後にプレゼントしてくれたものなので、出来る限り大事にしたつもりだが、ボクの願いは通じなかった。全て枯れてしまった。

ボクが説明すると、アズサは「ん？」と声を上げた。

彼女は慌てたように、身を乗り出してくる。

「篤人、それ、休眠だよ。スノードロップは球根植物だから、毎年、枯れるの」

首を傾《かし》げる。

さっぱり分からなかった。花を育てるなんて、小学校のアサガオ以来だ。「種を残すものとは違うの？」

「全然違う。今、そのスノードロップ、どうしているの？」

「捨てるのも忍びなくて、施設の庭に放置してるけど」

アズサが目を丸くして固まった。

まるで信じられないものでも見たように。

「大変」アズサは口にした。「そのスノードロップまだ咲くかもしれない」

「え、そうなの？」

「でも、世話しないと、本当に枯れるかも。球根の状況次第かな。庭に放置して、雨水がかかっていたら大丈夫かもしれないけど……」

「どうかな……ちょっと自信がない」

「とにかく帰ったら写真を送ってよ。見てみるから」

妹がくれたスノードロップが生き返るかもしれない。

実夕の形見——それは、ボクにとって灰谷ユズルの存在と同等に、大事なことだった。


その日からボクたちは毎日のように連絡を取り合った。

会話の大半は、スノードロップについて。

水不足の球根は、素人目に見ても痩せ細っていた。けれど、小さな芽が出ていた。まだ死んではいない。

アズサはボクに細かくアドバイスをくれた。正しい土の選び方から、スノードロップに適切な肥料についてまで。ガーデニングの知識が皆無のボクに正しい情報を与えてくれた。

彼女のアドバイスに従うと、スノードロップの球根が少しずつ元気になっていった。それから徐々に、ボクとアズサは次第に違う話題もするようになった。彼女との会話が気づけば、習慣となっていった。

「けっこう茎が伸びてきた。本当に咲くかも」

たとえば、そんな風に花の報告をすると、アズサは「じゃあ、一安心だね。水はあまりあげなくていいかも」と教えてくれる。土が凍った場合や霜柱などの彼女が細かい蘊蓄《うんちく》を披露すれば、そんな情報をどこで仕入れるのかという話題になり、自然と学校生活や趣味に話題は移っていくのだった。通信制高校の授業が面白いこと、顔を覚えていない知り合いが増えたことをボクは語る。アズサもまた高校受験や教室の出来事について語ってくれた。

そういえば、アズサを欺いている時だってボクらの話が途切れたことは少なかった。きっと元々興味や好みが合うんだろう。

ボクとアズサの間に、深い溝があることは間違いない。

簡単には埋まらないほどの溝だ。けれど、その溝の端と端から声を掛け合うように、ボクとアズサは少しずつ会話の量を増やしていった。

アズサの家に行ったあとは、なんとなく公園を散歩するのが決まりだった。

彼女が勧めてくれた、花壇がライトアップされる公園だ。日々、見える景色はほとんど変わらないのに、自然と足を向けていた。

アズサが花について語り、ボクはそれを黙って聞く。

途中、スノードロップの花壇を確認する。まだ咲かない。雪の下で春が訪れることを待っている。それだけを見るためにベンチに座る。

ある時、その公園でアズサから「未来についてどう考えてるの？」と尋ねられた。

どうして、と尋ねると、「ほら、スノードロップは希望の花だから」とアズサは答えた。「だから、明るい未来の話でもしようかなって」

「希望？　この前は、死の象徴とかふざけたこと言わなかった？」

「ふざけたって……」アズサが心外だと言わんばかりにため息をつく。「前から思ってたけど、演技していない篤人ってけっこう辛辣だよね。出会った頃の篤人はもっと優しかったんだけどなぁ」

「もともと、ボクはこんな感じだよ」

「実夕さんのプレゼントに変なイメージを与えちゃったことは謝るよ。とにかく、希望のある話がしたいな」

「希望満ち溢れる未来の話か」

それは残酷だな。憂鬱なため息をついた。

実夕が失った未来をボクだけが歩くことに明るい気持ちは抱けない。

「アズサは何か考えているの？」とそのまま聞き返した。

彼女は首を横に振った。

「今は、なんにも考えられないよ。ただ、兄さんの罪に振り回されて生きるだけ」

「自分から提案しといて、自分はノープランか」

「また辛辣。で、篤人は？」

「……ボクも想像つかないかな、未来のことなんて」

そう答えると、アズサからは「篤人も一緒じゃん」とからかわれる。

ボクは「何も考えられないよ」とアズサと同じことを口にする。

嘘だった。

本当は、決まっていた。ずっと覚悟していたことだ。

罪には、等しい罰を。

灰谷ユズルを刺して、ボク自身も死ぬ——ボクの未来は決まっている。
そんなボクの想いを知らないアズサは、にこやかに口にする。
「いつか語り合えたらいいよね。どこかで区切りがついたら、二人でゆっくり」
アズサは、夢を見るように口にする。
その時の場所は、きっとこのベンチを選ぶことになるだろう。
咲き誇ったスノードロップの前で、ボクたちは清々《すがすが》しい顔で未来の話をする。
ボクは「そうだね」と呟いた。「それが世間で言う幸福なのかもね」
無意識のうちに口にした言葉だった。
嘘なのか、本心なのか、自分でも分からない。
「じゃあ、約束」とアズサは微笑む。「一緒に辿り着こう、そんな場所まで」
彼女の勢いに押されて、ボクは曖昧に頷いた。
なぜだか拒否する気にはなれなかった。

・・・

その日から、ボクは望みのない夢想をするようになった。

ボクとアズサが灰谷ユズルと出会い、彼の口から納得いく説明を聞く。謝罪と反省の言葉を受け取る。決して許せるとは思えないが、ボクはいずれ怒りを乗り越える。あるいは、アズサの家族が譲歩できる最大限の復讐を実行する。灰谷ユズルは、もう一度、親の監視下で更生を目指す。復讐を終えたボクと、兄を更生させることに成功したアズサは、今度こそ普通の友人という関係になる。ボクは死なずに、アズサと共に将来の夢を語り合う。

理性が咄嗟《とっさ》に、ありえない、と叫んだ。どうして加害者の妹なんかと、ボクが友人にならなくちゃいけない。けれども、決して忘れられない発想だった。気を抜くと、ふと頭を過《よぎ》ってしまうあまりに非現実的な夢想だった。

ただ――ボクの妄想は、根本的に間違いだった。

ボクたちは灰谷ユズルと出会って、地獄に叩き落とされるのだから。

・・・

結論から言えば、ボクたちは灰谷ユズルと連絡を取ることに成功した。

ボクたちはアズサのアドレスから灰谷ユズルにメールを送り続けていた。

『変な男が家の周囲をうろついている』『富田ヒイロの真相を知っている、と脅迫をされた』『直接会って、話がしたい』という出まかせの文面。

このメールに返信があったのだ。

十二月の下旬、アズサと灰谷ユズルは再会した。

灰谷ユズルは、母親と対面することは拒んだ。後ろめたかったのだろう。

新宿駅付近のカラオケボックスで、兄妹は一年半ぶりに会った。

アズサのスマホを通話状態にして、ボクは隣室で会話を盗聴する。

タイミングを見て、ボクは二人がいる部屋に突入する。灰谷ユズルから事件の真相を聞き出すためだ。場合によっては、包丁で脅迫して――。

そんな計画だった。

だが、灰谷ユズルが口を開いた瞬間、事態が急変した。

「アズサ、オレは新宿駅を爆破しようと考えている」

灰谷ユズルは、一方的に言葉を並べた。

自身が、爆破テロを引き起こすこと。

刑務所に行くだろうが、死刑にはならないこと。

少年法を変えるテロであること。

渡辺篤人の家族は、その計画が露呈しかけたため殺す必要があったこと。

報酬は、自分しか知らない隠し場所に保管して、出所後は自由に使うこと。

いずれ、その金で悠々自適に暮らす未来が待っていること。

「お前たち家族には迷惑をかけるけど、耐えてほしい。いずれ家族で過ごせる日が来るから」そう灰谷ユズルはアズサに告げた。

あまりにふざけた話。荒唐無稽だ。

もし灰谷ユズル以外の人間が語っていたら、一笑に付しただろう。

けれど、冗談とは思えなかった。爆破テロが引き起こされようとしている。

ボクと直接対面するどころの話ではなかった。

・・・

そう、ボクたちは何も理解していなかった。

ボクの家族が巻き込まれたのは、より大きな計画の一部に過ぎなかったのだ。

・・・

灰谷ユズルが去った直後、アズサはすぐに警察署に電話をかけた。相手をしてくれた職員に、アズサは灰谷ユズルの計画を全て語った。

最初、電話の相手は丁寧に話を聞いてくれた。

だが、途中から訝し気な声に変わる。次第にその対応に、呆れや面倒が交じり始めた。

彼女の話を信じられなかったのだ。

冷静になれば、真っ当な対応だ。ただでさえ信じがたい話なのに、それを証言するのは十五歳の子供なのだ。事情聴取をしようにも灰谷ユズルの現住所も知らない。他の手がかりは一切ない。犯行日時も分からない。警察が動けるわけがない。ボクは灰谷ユズルを尾行して、現住所を確認すべきだった。結局、信用されないまま会話は終了した。

イタズラ電話と思われたのかもしれない。

警察に動いてもらうには、情報が少なすぎる。頼れない。

自分たちの手でもう一度、灰谷ユズルを捜すしかなかった。

一週間、ボクたちは新宿の駅を彷徨《さまよ》い続けた。学校を休んで、東京中を巡り歩く。灰谷ユズルは新宿近辺に住んでいる――ボクらの情報は、それだけ。神奈川かも、埼《さい》玉《たま》かもしれない。

不可能であることは誰もが理解していた。

けれど、ボクたちは足を止められなかった。

身体を動かしていたのは、ちっぽけな正義感。

人が死ぬ――ボクと同じ苦しみを味わう人間が生まれる。

理性ではなく、本能が悟っていた。

あってはならないことが起きようとしている。

その未来を考えただけで、気づけば足が動いていた。

「篤人はもういいよ」とアズサに告げられたのは、年末のことだった。

世間が大晦日《おおみそか》に沸くなか、ボクたちはテロリストの捜索に奔走していた。

新宿駅の大階段で行き交う人々を見下ろしている最中、アズサが口にした。

「どういうこと？」と尋ねると「言葉通りの意味だよ」と返事があった。

アズサは微笑んだ。まるで何かお祝いするみたいに。

「だって、篤人の望みは、全部叶うでしょ？」

望み？

この状況で何が叶っているというのだ？

「考えてみなよ。だって、相当大規模なテロになるんだよ？　兄さんは刑務所行きで、私たちの家族はマスコミに追い回される。篤人の大切な人を奪った加害者家族全員が悲惨な末路を歩む。篤人が憎んでいた少年法だって、事件を契機にきっと変わる。ね？　全部、篤人の望みは成就する」

「いや、ボクの望みは――」

何か言おうとして、ボクの言葉は詰まった。

正しい答えが見つからなかった。今のボクの望みはなんだ？

アズサの言う通りだ。ボクがテロを止める動機はなんだ？　見も知らない誰かを殺したくないから？　ボクは突然、そんなヒーローのような衝動に目覚めたのだろうか？

何一つ罪を犯すことなく、復讐を達成できる――。

ボクは何も失うことなく、全ての願望を叶えられる――。

「昔の篤人なら喜んでいた結末でしょう？　なかったことにすればいいよ。私と出会った全てのことを」

「……なかったことには、ならないよ」

「知ってる」何がおかしいのか、アズサは笑った。「でも、篤人はもう兄さんの捜索に付き合う必要はないよ。理由がないもん。もし誰かに覚えられていたら、ほら、篤人まで私たちの家族の味方だって思われちゃうかもしれないし」

アズサは歩き出した。「それじゃあ」と手を振る。「さようなら」

ボクはすぐに後を追えなかった。

先を行くアズサの背中がとても小さく見えた。声をかけたいのに、掠れた息が出るだけ。振り返りもせず、アズサは歩き続ける。

結局、追いかけることはできなかった。

気がつけば、いつもの場所に戻っていた。

家族が暮らしていた家の跡地。樹木に囲まれて、一切の光を遮った庭の片隅。

日が沈み、漆黒とさえ言える暗闇のなかで、ボクは物思いに耽る。

そこで、ボクは一つのドキュメンタリー番組を見た。

ネットで「加害者家族」と検索して、ヒットした映像だ。

凶悪事件の加害者家族の物語だ。殺傷事件を起こした男には、妹がいた。彼女は事件以降、マスコミに追われ、職場や住居を転々と移し続ける。ようやくのことで仕事を見つけ、ある男性と恋仲になるが、凶悪犯罪者の妹であることを相手家族に知られると結婚を反対される。二人の仲は悪くなり、離別する。彼女はやがて自殺を考えるようになる。

悲痛な声で加害者の妹が叫ぶのだ。

『加害者は刑務所で守られるんです。けれど、加害者の家族はずっと社会の中で、白い目を向けられ続けなきゃいけない』

ふいにその女性とアズサの顔が重なって見えた。灰谷ユズルが逮捕されたあと、無数の報道陣に囲まれるアズサの姿だ。

そのドキュメンタリー番組のラストで、加害者の妹はとうとう自殺を選ぶ。エンディングに湿っぽい音楽が流れて、映像は終わった。
それがボクの望んだ結末なのだろうか。
本当に？
そんな疑問を押し潰すように、またあの無数の『声』たちがこだまする。
『加害者を許すな！　家族だってロクな連中じゃない。まとめて、吊《つ》るしてしまえ』
ずっとボクを支えてくれた言葉。
二つの幻聴が脳裏に響き続けた。

決断を迫られていた。
自分自身の幸福を、自分が納得できる結末を、自ら選ばなくてはならない。
ただ、方針は決まっていた。ボクの意志決定は早い。
それだけが唯一の自慢。
動き続けること。
もう二度と動けない妹の分まで。

数日悩んだ末に、アズサに簡単な提案をした。

灰谷ユズルに次のようなメールを送った方がいい、と。

『東京には友達が多いから、爆破の決行日を絶対に教えてほしい。私を信じられないなら、直前でもいい』

アズサは納得いかない様子だった。

「最後の文章は必要ないんじゃない？　直前に知ったとしても、どうするの？　何もできなくないかな？」

「警察に相談したら、動いてくれるかもしれない」

「新宿駅の電車を全線停止させて、駅から人を避難させてくれるってこと？　私たちの証言だけで？」

そんなの不可能だよ、と言いたげだった。

正直、同感だ。

世界中のどんな優秀な警察だって、十五歳のボクたちの証言に耳を傾けてくれるとは思えなかった。駅の不審物くらいは点検してくれるだろうが、どこまで人を避難させるかまでは想像つかない。なにせ新宿駅には、数万人と人がいるのだ。

普通にやるだけじゃ不可能だ――。

頭の中には、一つの計画があった。けれど、アズサには伝えなかった。

アズサは「でも、やれるだけやった方がいいか」と呟き、メールを送ってくれた。

「なんにせよ、事前に見つけるのが大事だよね。私は兄を捜索するよ。見つけたら、殴り掛かってでも捕まえる」

彼女は新宿の街に消えていった。

でも、発見は不可能だろう。懸命な行動も空しく、きっと灰谷ユズルは爆破テロを成功させる。

その後、家族がどのような末路を辿るのかも知らずに。

一月初め、アズサを墓参りに誘った。

彼女は少しでも兄を捜したそうだったが、ボクが強く主張すると了承した。このまま街を歩き続けても、灰谷ユズルを発見できる望みは薄い。その前に彼女が倒れる方が早いだろう。

アズサは寝不足や疲労も相まって、随分痩せたように見えた。不安で眠れないという。景色の良い場所でリフレッシュしてほしい、という考えもあった。

「よかったの？」道中、彼女は口にした。「墓参りなんて、被害者の家族が許してくれるイメージはあまりないけど」

言われてから、気がついた。

もし相手が灰谷ユズルや富田ヒイロなら、絶対に許さないだろう。

墓参りの当日は、快晴だった。雲一つない澄んだ青空が広がっていた。

ボクは墓石に向かって、アズサのことを説明した。復讐すると誓った相手の妹を紹介するのだから、墓で眠る家族は呆れているかもしれない。あるいは、激怒しているかも。

アズサは終始、無言で手を合わせていた。彼女の胸中は、彼女にしか分からない。

だが、地面に膝をつけ背筋を伸ばす姿に、もう不快感は抱かなかった。

ボクは「アズサに聞いて欲しいことがあるんだ」と告げた。

「なに？」と彼女は聞き返してくる。

墓石に触れる。

ボクが今から口にする言葉を、家族は一体どのように思うだろう？

「家族を失って哀しみの底にいた時、ボクには『声』があった。富田ヒイロの放火が記事になって、たくさんの人が書き込んでくれた。少年法は甘すぎる、加害者の家族も刑務所に入れろ、少年法に守られた加害者を許すなって。全部、嬉しかった。ボクの気持ちを代弁してくれたみたいだった。そんな『声』を綴って、ボクは今まで動いていたんだ」

思えば、ボクはその『声』に操られるように動いていたのかもしれない。

それだけがボクを支えてくれた存在だったから。

「でも、この『声』には、別の側面があると思ったんだ」

言葉を続ける。

「『少年法は甘すぎる』という情報を信じた富田ヒイロは、軽い気持ちで放火を実行した。『加害者家族を裁け』という声はアズサたちを追い詰めて、灰谷ユズルは家族との別居を強いられた。『加害者を許すな』とユズルを恨んだ人間は週刊誌の情報をもとに、灰谷ユズルの生活を壊して、彼は更生の道から離れた」

もちろん、事後的で強引な解釈だった。

周囲の情報に関係なく、富田ヒイロは罪を犯したかもしれない。家族と同居できて、週刊誌に晒されなくても、灰谷ユズルは更生しなかったかもしれない。

ただの可能性の話。

そして、少しでも違えば、実夕は生きていたかもしれない——そう思った瞬間、ボクの中で何かが壊れた。

「身勝手に歪曲《わいきょく》した情報を広めて、無責任に加害者を追い詰める『声』がなかったら、実夕は死ななかった——そんな考えが頭から離れないんだ。ボクが本当に憎むべきは、実はこの『声』なんじゃないかって」

アズサが声をあげた。「篤人、それはユズルや富田ヒイロを」

「分かってる。庇《かば》う気はないよ」

アズサの声を遮って、言葉を続ける。

「彼らが悪人である事実に変わりはない。彼らを憎む声にボクは支えられてきた。だから、複雑なんだよ！　葛藤しているんだよ！　でも、確実に言えることはある」

墓石に触れながら告げた。

「ボクは、このテロが許せない」

ボクに利害があるかどうか、そんな問題ではなかった。

信念に反するか、どうかだ。

「灰谷ユズルの雇い主は、この『声』で法律を変えようとしている。センセーショナルな事件を起こして、世論を煽って強引に法を歪める——絶対に、間違っている。ボクの家族を奪った事件の果てが、そんな馬鹿げた結末だなんて認めてたまるか！」

　ボクは告げた。

「アズサ、ボクはこのテロと戦う。それだけ伝えたかった」

　墓参りに来たのは、決意表明のためだ。

　これからの途中で、ボクが臆病風に吹かれて逃げ出さないよう、家族の前で誓わないといけない。

　アズサはすぐに理解できなかったのか、まばたきをしている。

　しばらくボクたちは見つめ合った。

「ねぇ、篤人」やがてアズサはボクの手に視線を落とした。「指先が震えているよ」

　墓石に触れる自身の手を見て、苦笑する。みっともなく震えていた。無意識だった。爪と御《み》影石《かげいし》がぶつかって音を立てている。

　なけなしの勇気を振り絞る。

「ちょっと恐いだけ。大丈夫」と笑っておく。

「篤人は、何に怯えているの？」

　アズサが声をあげる。「一体、篤人は何をする気なの？」

　彼女の質問に、ボクは答えなかった。反対されるに決まっているから。

馬鹿げた行動だと自覚はあった。それは、この指先の震えが証明している。

けれど、ボクは進むことを決意した。

最善なんだ、と自分に言い聞かせる。

雇い主の計画を阻止したい。アズサを守りたい。そのためには、灰谷ユズルのテロで死者を出すわけにはいかない。少しでも死者を出す可能性を減らすには、できるだけ多く、そして、迅速に人を避難させる必要がある。ただの通報ではダメだ。より影響が大きく、インパクトのある通報でなくてはならない。


全てを吹き飛ばしてやる。それこそ爆弾が炸裂《さくれつ》するような衝撃で。


くだらない計画も、無責任な戯れ言も、全部を消し飛ばす。

そのためだったら、なんだってやる。

他人のテロを乗っ取る――たとえ、そんな馬鹿げた行為でも。

9

灰谷アズサは語り終えたらしい。カバンからペットボトルを取り出して、口に含む。

安藤は何も言えないでいた。

灰谷アズサが語ったのは、渡辺篤人とアズサが出会い、少年の復讐の失敗から二人の交流が生まれ、やがて爆破予告を投稿するまでの物語だった。

「爆破テロ直前、兄は律儀にその旨を連絡してくれました。私は篤人に連絡し、警察に通報しようとしましたが、それよりも前に、篤人は爆破予告を投稿しました。後のことは、語るまでもないでしょう」

安藤は頷いた。

渡辺篤人の読み通り、電車は全線停止して、死者を出す大惨事は免れた。ただし、渡辺篤人はテロリストとして社会に認知されることになる。

話を聞き終えると、安藤は一つ気になっていたことを口にした。

「君のカバンから見えているのは、もしかして」

彼女が手にしているカバンからノートが見え隠れしていた。

アズサは「あ」と恥ずかしそうに口にして、カバンを抱える。

安藤は尋ねた。「もしかして、君の話に出てきた日記か？」

「ええ、そうです」彼女は頷いた。「兄さんに見せるために持ち歩いていました」

安藤は、なるほど、と頷いた。失礼を承知の上で「読ませてくれないか？」と口にした。

灰谷アズサは目を見開かせた。「なぜですか？」

「渡辺篤人に変化をもたらした一端は、おそらく、その日記だ。確認させてほしい」

やや躊躇いがあって、灰谷アズサは従った。カバンを開けて、そこからノートを取り出した。

三冊ある分厚いノートは、どれも使い込まれていた。

【朝目覚めたら、私の育ててきたシクラメンの花壇が踏み荒らされていた】

真っ先に文章が目に入った。

【兄さんの記事が載ってから、こんな出来事ばかりだ……これで私が育てた花は全滅

だ】

百枚綴《つづ》りのノート三冊分に、ぎっしりと文字が埋まっていた。

そこには少女の重く、苦しい、日常があった。


【全部、仕方がない。そう言い聞かせる。私がイジメられても仕方がない】

【給食にゴミを混ぜられた。これも兄と自分自身が悪い】

【過去の兄の写真を破いた。もう昔の兄なんていない。私を守ってくれた兄はいない】

【兄さんを止められなかった私たち家族が悪い。でも、それでも、私たちは兄さんに殴られながらも、必死に病院に連れていったのに……誰も認めてくれない】

【やっと兄さんが更生した。人を殴らないようになった——なのに、あの記事で、全てが無駄になった。母さんが悔しさで泣いている】


安藤の膝が震えだす。

彼女も認めたとおり、全ての原因は灰谷ユズルだ。そして、それを止められなかった家族にもその一端がある。日記の文章を見る限り、アズサもそれを認めている。だが、それだけでは納得しきれない感情が綴られていた。

もし安藤の記事がなかったならば――。

世間が少しでも自分たちの苦しみを理解してくれるのならば――。

灰谷アズサは、兄を恨み、過去の自身を悔い、被害者に謝りながらも、そう考えずにはいられなかった。

その本音を周囲に訴えたこともあるようだ。たとえ悪いのが兄でも、私がイジメられる筋合いはないと。けれど、そのせいでより強い反発を買って、イジメが過激になっただけだった。

周囲の教師は助けてくれない。なぜなら、彼らも灰谷ユズルの被害者だからだ。学校で暴れるユズルを必死に抑えつけ、宥め、時に殴られようともすぐには警察に届け出を出さなかった。鬱憤はあっただろう。

灰谷アズサは、毎日、死にたくなる気持ちを抑えて学校に通い続けた。

彼女はできるだけ良い高校に進学する必要があった。給料のいい会社に勤めるためだ。灰谷ユズルが犯した罪の賠償金は三千七百万円。引っ越しや転校も彼女には選べない。そんな金があるなら、被害者の賠償に充てる。それが彼女と母親の罪滅ぼしだった。

「誤解しないでくださいね」

灰谷アズサが口にする。

「これは、あくまで兄に見せるための日記です。被害者の方々の苦しみを軽視する気はありません。兄が犯した罪は大きく、その責任の一端は家族にあるという感情は理解できますし、批難も受け入れるつもりです」

声は低く、重たい口調だった。

「ただ、たとえそれが世間にとって不愉快な事実でも、私たち加害者家族は毎日息をして、生活をしています。ノートに黒い本音を吐くことはあります」

時に丁寧に、時に乱雑に書き込まれた日記を見つめる。

渡辺篤人はこれを熟読したのかもしれない。彼が無責任に加害者家族を虐げる人間を嫌悪するようになった所以《ゆえん》は、灰谷アズサの影響だろう。

安藤は息が苦しくなった。

「キミと渡辺篤人の話はよく分かった。その件で、一つだけ明かしておきたいことがある」

「なんでしょう?」

「二年前、灰谷ユズルを追い詰める記事を書いたのは俺だ。灰谷ユズルが命を奪ったのは、俺の恋人だった。どうしても許せなかったんだ。すまなかった」

安藤は頭を下げた。

ずっと横で聞いていた灰谷ユズルが呻き声をあげる。

安藤が再び顔をあげると、灰谷アズサは口元を押さえていた。泣きそうな瞳になって、小さく首を横に振った。

「どうして、それを明かすんですか？」

「理解してほしいからだ。人を殺した後も灰谷ユズルが平然と生活を続ける現実に、俺は納得できなかった。君たち、加害者家族は理不尽に感じただろう。けれど、より理不尽を受けたのは被害者の方だ。更生する機会を加害者が与えられることが許せないほどに苦しめられた。それを含めて、灰谷ユズルが犯した罪の重さなんだ」

安藤は灰谷アズサの目を見て、口にした。

「君には言うまでもないと思うが、それは忘れないで欲しい」

「……分かりました」

灰谷アズサは頷いた。形だけの同意とは思えなかった。渡辺篤人と付き合うなかで、嫌というほど見せつけられた現実だろう。

「もちろん。俺が浅慮だったことには間違いない。こんなことで君たちへの謝罪にはなるとは思えないが、俺も渡辺篤人に協力できないか」

安藤が協力を打診すると、灰谷アズサは頭を下げた。

「嬉しいです」灰谷アズサが声を高くする。「正直、そのつもりで来ましたから」

だとしたら、すぐに行動を起こさなくてはならない。こうしている間に渡辺篤人が逮捕されたら、真実がどう歪められていくのか分からない。

安藤は灰谷ユズルに近づいた。少年は地面に横たわったまま、妹を睨みつけている。

そんな彼の目の前にスマホを置いた。

すぐにでも確認するべきことがあった。

「お前は、一度、雇い主と電話したそうだな？　その声は、この男だったか」

安藤はスマホから一つの動画を流した。動画サイトにアップロードされている、ある人物の講演だ。

灰谷ユズルの口が小さく動いた。心当たりがあるようだ。

彼は目を閉じて「言えねぇよ」と吐き捨てる。そう簡単に口は割らないようだ。

だが、くだらない忠誠心だ。この男は一つ大きな誤解をしている。

「なぁ、ずっと気になっていることがある。確かにお前の言うとおり、仮にテロが成功しても、十七歳のお前に死刑判決は下されず、無期懲役に緩和されるだろう。だが、その後、たった数年で刑務所から出られると思っているのか？」

問いかけると、灰谷ユズルが眉をひそめた。

「七年で仮釈放、じゃねぇのか……？」

「雇い主からそう説明されたか？」

灰谷ユズルが、あぁ、と小さく頷いた。

少年法の第五十八条だったか。少年犯罪の場合、無期刑でも七年で仮釈放ができる。その一部だけを読ませれば、無学な男を信じ込ませることは容易いだろう。

安藤は首を横に振った。

「違うに決まっているだろ。実際はそんな甘くはないし、死刑から無期懲役に緩和された場合は、七年の規定は適用されない。どんなに早くとも仮釈放まで三十年はかかるだろう。最悪、一生獄中もありうる」

灰谷ユズルの掠れた唇が動いた。「一生……」

「やはり知らなかったか」

どうして、と罵声を浴びせたかった。富田ヒイロといい、どうしてお前たちは殺人をそんなに軽く捉えてしまうんだ。

「お前は雇い主に騙されているんだよ。お前が富田ヒイロの無知につけこんだように、雇い主もお前の無知を利用したんだ」

灰谷ユズルがその真実に気がついて、雇い主を告発しようと考える頃には、既に警察の事情聴取が終わっていただろう。二転、三転する証言など誰も扱ってくれない。雇い主は逮捕されず、灰谷ユズルは全ての罪を一人で背負い一生を牢屋で費やす。

「灰谷ユズル、それでも、お前は雇い主を庇うのか？」

灰谷ユズルが唖然《あぜん》と口を開ける。

これでも口を割らないようならば、脅迫するしかない。安藤は回収したナイフを取り出して、切っ先を向けた。「さっさと答えろ」と促した。

「……その男だよ」悔しそうに、灰谷ユズルは呻いた。「間違いない。その動画で演説している男の声だ」

まさかとは思ったが——そうか、あの男か。

予想していたとはいえ愕然《がくぜん》とする。

事件直後の口振りから怪しいと思っていたが、まさか黒幕とは。

安藤は灰谷ユズルの頬にナイフを当てた。

峰ではなく、ナイフの刃を向けてやりたいという欲求をギリギリで堪える。

「気に食わないが、お前は重要参考人だ。殺さないでやる。刑務所で反省するんだな」

灰谷ユズルは悔しそうに唸《うな》り声をあげた。まるで野獣の咆哮《ほうこう》だ。聞いていられない。

「け、警察にすぐ伝えましょう」灰谷アズサが声を張り上げた。「雇い主が誰か分かったなら、篤人を、助けられるかも」

彼女にとっては、この上のない朗報なのだろう。興奮して、早口になっている。

安藤はナイフをしまいつつ、彼女を宥めた。

「いや、やめておいた方がいい。決め手に欠ける。それより発言力のある人物が、この事実をさっさと訴えた方がいい」

なにせ、声が似ているという灰谷ユズルの証言だけだ。警察に伝えても証拠不十分で、起訴もされず、報道されないかもしれない。渡辺篤人の潔白を証明するには、多大な時間を要するだろう。通報よりも、ずっと効果的な手段がある。

「発言力、ですか」灰谷アズサは復唱して、口元に手を当てて黙り込む。だが、すぐに気づいたらしい。「渡辺篤人」

安藤は頷いた。

彼の発言ならば、必ず日本全体に波紋を広げられる。

安藤はその事実に鳥肌が立つような興奮を覚えた。

十五歳のテロリストが、直接、自身を追い詰めた黒幕と戦う。

日本を震撼させたテロに決着の時が近づいていた。

10

不思議なことに、逃亡生活はそう悪くなかった。

テロリストにも、思い出くらいは作れる。

・・・

ボクたちが潜伏していたのは、廃車だった。日課のランニングの傍ら、川のそばに投棄されている車を事前に見つけていた。

その車の扉をバールでこじあけ、中に忍び込んだ。窓を布で隠してしまえば、簡易の隠れ家ができあがる。夜は寒いし、カビと埃の臭いは充満している。けれども、ちょうどいい狭さだ。耳をすませば、川の音だって聞こえてくる。リバーサイドの別荘と言えなくもない。なにより伸び切った木々がボクたちを隠してくれる。

買い物や情報収集はアズサに一任した。彼女は、廃車を抜け出して、食事を買いに行く。その道中、フリーのＷｉ-Ｆｉスポットを利用して、事件の情報を集める。

ボクはその間、ずっと廃車で身を潜めているだけだ。アズサには感謝が尽きない。金銭の都合上、豪華な食事はできないし、ボクは外に出ることさえままならない。夜は冷え込みが激しく、カイロがなければ死にかねない。シャワーもトイレもなく、住環境としては最悪だった。

唯一の楽しみは、深夜だけ。

人目をさほど気にしなくていい時間、ボクとアズサは二人一緒に外に出る。

アズサがコンビニからもらってくるお湯で暖を取りつつ、空を見上げる。

東京といえど、光の少ない川沿いならば、星を見ることもできる。一月の夜は寒いが空気が澄んでいて、星を見るには快適だった。花に詳しいアズサも星の知識はないのか黙っている。ボクも詳しくないので喋らない。

あぁ、星が綺麗だ。そうだなぁ。

その程度の意味のない会話をして、夜空を見続ける。

束の間、自分たちがテロリストであることを忘れる。加害者家族と被害者家族であることを忘れる。警察に追われている身であることを忘れる。

ただ時間が過ぎていくのを待つ。

アズサが「私は花の方が好きだなぁ」と情緒のないことを言って、車に戻る。ボクもまた寒さに文句を言って、車に戻る。

なぜか、そんな時間が心地よかった。

・・・

肩を揺さぶられて、目が覚めた。

優しい起こし方だ。アズサが戻ってきたらしい。彼女はボクの隣の座席に腰かけた。

後部座席にボクたちは二人並んだ。時計を見れば、もう夕方になっていた。一度目の爆破から、二日半。よくここまで逃げ切れたものだ。

「もう戻ってこないと思った」とボクは声をかける。

アズサは、ボクの肩を軽くつねった。

「さすがに逃げないよ。次言ったら怒るから」

ボクは「ごめん」と素直に謝ることにした。アズサに失礼だった。

彼女は、安藤さんとの会話をボクに教えてくれた。どんな手段を用いたのかは分からないが、安藤さんは灰谷ユズルと合流していたらしい。灰谷ユズルの証言も録音しているようだ。

「よかった。ようやく現れた。頼りになりそうな人が」

ずっと待っていた。事件の真相に気がつき、ボクの味方になってくれる人が。リスクを冒して、会いに行ってくれたアズサには感謝しかない。

ボクは自分の肩を揉《も》みながら、狭い車内でストレッチをした。硬いシートに寝転がっていたせいか、身体が凝り固まっている。

「篤人、兄さんが実夕さんの命を狙った詳細を聞いてきた」

ボクが一番知りたかった内容だった。

アズサは手帳に記したメモを見ながら、ボクに説明してくれる。

灰谷ユズルは、自作した爆弾を試す必要があった。人のいない山奥で、過酸化アセトンの実験を行ったという。その有様を、渡辺実夕が目撃した。渡辺実夕は、花を探して山に入っていたのだ。焦った灰谷ユズルは渡辺実夕に口止めを依頼して、その代わりに、彼は渡辺実夕に野花より豪華な花を購入する約束をした。渡辺実夕と共に花屋に行き、彼女に好きな花を選ばせた。渡辺実夕の心に取り入った灰谷ユズルは、実夕を家まで送り、翌日、富田ヒイロに火を放たせた。

どこまでも卑劣なやり口だった。

今すぐ灰谷ユズルの喉元に包丁を突き立ててやりたい。もし説明された場所にいたら、ボクはなりふり構わず暴れただろう。怒りで頭が熱くなってくる。

だが、今はそれ以上にすべき行動がある。

灰谷ユズルの雇い主を打倒しなくてはいけない。

深呼吸を繰り返して落ち着かせる。

「アズサ、ボクからも一つだけいい？」

タブレット端末を起動させて、一つの画像を突きつける。

彼女は目を見開いて、タブレットを受け取った。「なにこれ」と掠れた声を吐き出した。

さっき車外にこっそり抜け出して、情報を集めた。その中で見つけてしまった。

ネットの掲示板には、アズサの家が晒されていた。

「ボクの過去は既にある程度、広まっている。ただ、渡辺篤人の家に放火したのは『富田ヒイロ』じゃなくて『灰谷ユズル』という情報が拡散されている」

誰かが特定したのか、ボクが少年犯罪の被害者遺族であることは既に周知の事実のようだ。彼らいわく、渡辺篤人は憎悪に狂った少年らしい。ボクの家族を殺した少年こそが、真の悪人であると批難する声があった。

早い話、推理が混沌《こんとん》としている。悪人候補をそこら構わず攻撃している状況だ。

「でも、どうして？」アズサが声を出す。

「私の兄が事件の関係者なんて、まだ一部の人間しか知らないのに」

頷く。候補は絞られる。

灰谷ユズルと事件の関係性に気づいて、嘘の情報を流して得する人物だ。

「富田ヒイロかもね。自分の個人情報が拡散される前に、デマの情報を流したんだ」

確定はできない。だが限りなくそうだろうという予感があった。

だが、犯人が誰かなんてどうでもいい。アズサの家族が槍玉《やりだま》にあげられている事実が問題だ。

アズサがタブレットの電源を切って、頭を抱えた。

ボクは声をかけた。「ごめん。見せない方がよかったかな」

「ううん」彼女は首を横に振った。「覚悟はしていた。兄さんが実行犯だって報じられれば、どのみち、私の家族は批難を浴びるよ」

強がりだろう。声に覇気がなくなっている。

その表情を見て、何か言わなきゃ、という衝動に駆られた。

「大丈夫」と声をかけた。「世の中の興味なんて、すぐに雇い主の方に向かうよ。コイツの悪事を暴く。計画なんて全部、壊してみせるから」

批難の矛先を、灰谷ユズルだけに向けてはいけない。

雇い主の存在を世間に知らしめなければ。

「キミにはきっと、あのベンチで未来を語る日が来る」

元気づけたくて、アズサの瞳をじっと見つめる。

彼女もまた同様に、ボクの瞳を見つめ返しているようだった。

「キミには？」彼女がポツリと漏らした。「篤人は一緒じゃないの？」

鋭い指摘に、ボクは言葉を失ってしまった。

まるで見透かすような瞳だった。誤魔化しが利かないことは、彼女の真一文字に結ばれた唇を見れば明らかだった。

「ごめん」

ボクは小さく首を横に振った。

「言い間違えた。約束は覚えているよ。二人一緒だ。未来を語り合うんだ」

そろそろ自分の気持ちを認めるべきだ。もう演技でもなんでもない。

ボクはアズサと一緒に幸福になりたい。

また、二人であのベンチに座れたら、それはどんなに素晴らしいことだろう。

ボクは彼女に向かって、改めて手を伸ばした。

「このふざけた世界を一緒に吹き飛ばそう」

アズサは優しく微笑んで、ボクの手を取る。

ボクたちはしばらく手を握り合った。


移動中、ボクは無料のＷｉ－Ｆｉを繋げ、事件に関する情報を集めた。

理由の一つは、タブレット端末で顔を隠すため。

もう一つは逮捕されたあと、どれだけニュースを確認できるか分からないから。

最初に見たのは、ニュースサイト。事件は、ボクに関するニュースで埋め尽くされている。施設の代表の記者会見が報道されていて、胸が痛んだ。内閣府からの声明も発表されている。内容は、警察の迅速な対応の要請と、マスコミに向けた未成年者に対する報道の配慮。前者はともかく、後者は大きく反響を呼んだ。コメント欄には、テロリストに配慮は不要、という怒りの声が並ぶ。

次に見たのはネットの掲示板だった。ボクに対する制裁で盛り上がっている。ネットにあがった画像を見て、ボクは絶句してしまった。家族が眠っている墓石が荒らされていたのだ。スプレーで品のない落書きがされている。そんな画像と共にその愚行を武勇伝のように語る人間がネットでは意気揚々とまくしたてていた。

旧友の名前を見つけた時は、ゾッとした。中学時代、一緒の部活で仲の良かった人物だ。ボクとよく会話をしていた、という理由だけで、協力者候補に挙げられていた。書き込んだ人によれば、渡辺篤人の友人というだけでロクな人間じゃないらしい。

ドローンを使って、ボクが暮らしていた施設を上空から実況中継する者も現れた。その動画には、施設の子供たちの姿が見えた。庭にいた彼らはドローンを見つけると、泣きそうな顔をして建物の中に駆け入った。

ネットフリマでは、マスコミ関係者向けに、ボクの小学校や中学校の頃書いた卒業文集のコピーが販売されていた。けっこう高値がついている。さすがに三万円は欲張りすぎだと思うけれど。

最後に見たのは、SNS。キーワードを検索にかければ、ボクに対する罵詈雑言が並んだ。

【死刑】【射殺】、過激な言葉ばかりが並べたてられている。

アズサの実家にも、多くの人間が押しかけているようだ。かつて渡辺篤人の家族を殺した男の家として、無数の書き込みがある。花壇が壊されている画像もあがった。

無数の声が、ボクたちを押し潰していく。

正義の人々が、加害者全てを攻撃する。

吐きそうだった。今すぐ逃げ出して、「知り合いまで巻き込まないでください」と土下座したくなる。心臓の鼓動が速くなる。気を抜くと泣きそうになった。

アズサの手を強く握りしめる。

彼女が「篤人？」と尋ねてくる。ボクはすぐに「大丈夫」と答えた。

負けてたまるか、ボクは心の中で唱えた。こんな声にボクは負けない。

だが、ボクは一つのミスを犯した。

いつの間にか、ボクは人通りのある道まで辿り着いてしまっていた。

体調を崩した男の子と思われたのだろう。近くにいる女性に視線を向けられ、目が合った。ベージュのコートを着たOL風の女性だ。

彼女は手にしていたカバンを取り落とした。目を見開き、呆然としている。

バレた。間違いない。

「逃げるぞ」と声をかけて、ボクはアズサの手を引いてダッシュする。女性が追ってくる様子はなかった。振り向くと、スマホを操作している。警察に通報する気だ。最悪だ。

都会の道で全力疾走する人間なんてそういない。自然とボクらに注目が集まった。

ボクと目が合うと、誰もが悲鳴をあげる。

立ち止まる訳にはいかなかった。

ボクたちがいるのは、国道二十号線。初台駅《はつだい》近く。夕方とあって、国道は渋滞している。それを脇目にボクたちは新宿駅の方向に、必死に駆けていく。定時に退社したらしいサラリーマンがボクの姿を見て、唖然とする。

ボクらを追う者も現れ始めたらしい。背後から罵声が聞こえる。背後を振り向く余裕はない。幸い、足に自信はある。アズサも遅いわけではないようだ。点滅する信号にぎりぎり駆け込んで、ボクたちは目的の場所を目指す。

「篤人！」走りながら、アズサが口にした。「そういえば、スノードロップって咲いた？」

耳を疑った。「この状況でなんだよ」

暢気《のんき》すぎる、とアズサを睨む。けれど、彼女の目つきは真剣だった。

「だって、もう、会話できなくなるから」

それはそうかもしれない。

この後、事態がどう転ぼうと、ボクが逮捕されることは間違いない。留置場に入れられ、鑑別所に入れられ、ボクとアズサが会話するチャンスは一生来ないだろう。

きっとアズサも分かっているはずだ。

「もうすぐ蕾《つぼみ》をつけそう」ボクは答えた。「そんなに聞きたかったの？」

「篤人、スノードロップの伝承には、こんなのがあるよ。雪は本来、無色だった。だから、雪は色を分けてほしいって花々に頼んだけど、皆に断られる。唯一、スノードロップだけが自身の色を与えた。その日から、雪は白くなった」

彼女は走りながら、よどみなく語った、
もしかしたら、ずっと用意していたセリフなのかもしれない。

「私は、ずっと無色透明だった。何も考えず、何も行動せず、ただイジメに耐え続ける。私の兄が犯した罪は、それだけのことで、私は罰を受け続けるべきって。けれど、篤人と出会って、それも違ったんだって思った。私は被害者のために悩み続けるべきだった。井口さんの遺族にも、また会って私たちにどうして欲しいか話を聞きに行くよ。篤人と一緒にスノードロップを育てたことには、きっと意味があるんだと思う」

アズサはボクの手を握る力を強めた。

「どんな結末だろうと、私は篤人と一緒にいられてよかった」

彼女の言葉で思い出したのは、ボクが日課のように訪れた場所。

光の入らない空間で、心がようやく落ち着いた。怒りをぶつける先も分からずに動き続けるボクにとって、暗闇こそが相応しいように思えて。

暗闇の黒色に包まれて、ボクは『声』を見続けた。

白を与えた、か――。

アズサの言う通り、きっと意味があったんだと思う。

彼女と会話しているうちに、ようやく目的の場所に辿り着いた。

新宿中央公園。その公園の一角には、オブジェがあって、ちょうどボクを覆う壁となる。新宿駅から徒歩十分。東京都庁の目前。人が集まってくる場所としては、最高の立地だった。

振り返ると、人々がボクに迫っていた。テロリストを取り押さえようとする勇気ある人間が、これほどいるとは思わなかった。

ポケットから包丁を取り出す。祖母の遺品だ。アズサを抱き寄せて、ボクは包丁を彼女の首筋に突き付けた。

「ボクに近づくな！　この子を殺すぞ」

アズサは、人質だ。

ボクの身を守る唯一の存在になってくれる。

可憐《かれん》な少女に刃物が向けられ、ボクを囲む人々が立ち止まった。

「最後の動画を投稿する。その動画に従え！」

ボクはアズサのスマホを借りて、アップロードする。動画の内容は、これまでに比して具体的なものだ。

『比津修二議員と一対一で会話がしたい。それが叶えば、即刻人質を解放して自首する』

無茶な要求はしていない。テロリスト側が自ら対話を望んでいるのだ。決して無視はできないはずだ。そのチャンスに賭けるしかない。

ボクとアズサは、二人で立ち向かう。

この世界を必ず、吹き飛ばす。

瞬く間にボクたちは包囲された。

数分と経たないうちに、逃げ場を失う。

ボクは左手でスノードロップのカードを握る。右手では包丁を握り、アズサの首筋に向けた。

人質を用意していたのは、幸いだった。警察はボクをきつく睨むだけで、襲いかかってくることはない。

警察の包囲の先にカメラを背負った人たちの姿が見えた。テレビ局の人間なのだろう。ボクはアズサの顔が隠れるように、彼女にフードを被せた。彼女の顔まで晒すことは、本意ではない。

その間も、警察の数は増えていく。特殊急襲部隊、ＳＡＴというやつだろう。武装した警官が、ぞろぞろ公園にやってくる。立てこもり事件のニュースで見たことがあった。

もしアズサに包丁を向けていなければ、ボクごときあっという間に組み伏せられていたに違いない。ボクが未成年でなければ、射殺された可能性もあったのだろうか。

ボクを完全に包囲し終えると、光が照射された。夜なのに、まるで昼間みたいだ。

二人の隊員に挟まれて、一人の男性が前に進んできた。

比津議員だった。物怖《ものお》じせずに堂々と歩み寄ってくる。

ボクは左手のスノードロップのカードを手放した。代わりに摑んだのは、小型の拡声器。

「止まってください」ボクは呼びかけた。「それ以上近づけば、この子を刺します」

人質を扱う鉄則は、ずっと刃物を向け続けること。

この期に及んでネットで得た知識で立ち向かうなんて滑稽ではあるが、予習はしていた。人質の正しい扱い方について。

どんなに恐ろしくとも、ボクは刃物を人質以外に向けてはいけない。身を守ってはいけない。アズサの首に刃を向け続けるんだ。

包丁を比津に向けた瞬間、警察の隊員に取り押さえられて、ボクは負ける。

頭脳でも肉体でもない。心の戦いだ。

「時間をください。十分間、比津議員と話す時間をください。その後、ボクは人質を解放し、自首します。決して嘘ではありません」

比津の顔を見た。厳《いか》つく、相手を刺し殺すような強い眼差しで睨みつけてくる。

どこか不思議な懐かしさを感じた。

そうだ、ボクは一度、この人と議論を交わしたことがあった。あの時のボクは、ただ感情をぶちまけて、比津にいなされるだけだった。ボクは泣きじゃくることしかできなかった。みっともないだけだった。

屈辱で、惨めだった過去を思い出す。手に汗が滲んでくる。

すると、ボクの腕の中にいるアズサが僅かにボクに体重をかけてきた。

無垢な人質のフリだろうか。それとも、ボクを励ましてくれてるのか。

大丈夫だ。もう、あの時のボクとは違う。

「渡辺篤人君」比津も拡声器を手にして声に出す。「分かりました。十分間、お話ししましょう。それで人質の解放を約束してください」

「篤人君とは呼ばないんですね」ボクは口にした。「以前会った時のように」

比津の表情が険しくなった。

「君と会ったことなんて記憶にありません。私は、一日に何十、何百の人と会いますから」

白けた答えに、ボクはあえて笑ってみせた。

なるほど。テロリストと対面していた事実は、伏せておきたいようだ。

ボクとの対話なんて、もはや汚点か。

「約束しますよ」ボクは頷いた。「人質は必ず解放します。決して危害を加えません」

十メートルの距離を挟んで、ボクと比津は対峙《たいじ》する。

「比津議員、まずアナタの考えを教えてください。ちょうどいい機会でしょう。少年法や少年犯罪について、アナタの立場を教えてください」

「なぜ、突然そんなことを。それがアナタの要求ですか？」

要求とは異なる。「必要なことなんです」

どこか腑《ふ》に落ちない面持ちだったが、比津は拡声器を片手に構えた。物怖じする様子はない。

堂々と胸を張って、拡声器越しにボクを見つめた。

「私は、少年法は即刻改正するべきと考えています。これまでの改正でも、被害者や国民が満足する法改正は行われていない。けれど、この国の人権派は統計データや法理論を用いて、彼らの声を否定する。しかし、我々誰もが知っていることです。人間には、応報の欲求がある。私は被害者遺族の苦しみを胸に抱き、その応報感情に見合った法改正をすべきと主張します。たとえば、少年犯罪の実名報道がそれに相当するでしょう。加害者の更生のため実名報道すべきではない、という意見はありますが、実名報道を禁じている現行法の下でも、少年刑務所を退所した少年の再犯率は高いのが現状だ。たとえ実名報道をしなくとも、再犯は行われる。ならば、防ぐべきは、再犯ではなく初犯だ。厳罰によって抑止力として機能させ、加害者には罰を与え、被害者に救いを与える。それこそが美しい国を守るために必要だと、今回のテロを通して、私は大いに感じます」

高らかに比津が口にして、ボクを睨んだ。

ボクだけじゃなく、この公園にいる人々に聞かせるように。

どこかから拍手の音が聞こえてきた。

警察やマスコミだけではなく、野次馬も集まっているようだ。拍手の音は簡単には鳴り止まず、まるで迫りくる波のようにボクを飲み込んだ。遠くから聞こえるはずなのに、耳元で手を叩かれているように聞こえる。

ボクも傍観者として、この場に居合わせることができたら、どんなに楽だったか。

拍手が止み終わる瞬間を待って、ボクは「分かりますよ」と口にした。「さすが、比津先生です。アナタの言葉が、正しいと言う人は山ほどいるでしょう」

どこか小馬鹿にするように比津は鼻で笑った。

「アナタは反対の立場なんですか?」

「まさか」ボクは笑ってみせた。「すごく共感できますよ」

理解できないわけがない。

この場で富田ヒイロの名前を叫んでやろうか。その結果、富田ヒイロの人生が滅茶苦茶になろうが、知ったことか——そう思う自分はいる。

ただ、それを実行した人間のせいで灰谷ユズルは更生を諦めた。

そして、ボクは、家族を失った。

「アナタの主張は、痛いほど分かるんです。納得できるんです。でも——それでも、ボクはアナタに立ち向かわなくちゃいけない」

「意味が分かりませんね」

　比津は吐き捨てるように告げる。

　一瞬だけ、目を閉じる。ゆっくり呼吸してから、一気に語った。

「ボクは、ずっと悩み続けた。ボクの家族は、十三歳の少年に殺された。色んな人がボクに教えてくれた。『国家は加害者だけを守る』『被害者は自分で復讐するしかない』って。それと同時に優しく説く者もいた。『少年は未熟だから保護は仕方がない』『復讐は何も生まない。天国の家族もそんなことは望まない』って。その日から、ボクは動き続けたんだ。事件を悔いる加害者もいる一方、反省もせずに新たな犯罪に手を染める加害者もいた。民事賠償から逃げる親もいて、自らの命を賭してでも謝罪を申し出る親もいた。ボクは色んな言葉にぶつかった。復讐とか、和解とか、憎しみとか、更生とか、再犯とか、赦《ゆる》しとか。ボクは全ての問いに、答えを出せていない。けれど、一つだけ言えることを、ボクは見つけられました」

　胸を張って告げた。

「復讐にも、赦しにも、そこには真実が不可欠なんだ」

　誰一人、野次をあげなかった。

　百人以上の人間が、ボクを除いて一言も発しない。

「実名報道して、加害者を追い込んで自殺させようが、それが真犯人じゃなければ、虚しいだけなんだ。真実がなければ、制裁しようが断罪しようが無駄なんだよ。だから、ボクはテロリストとして、アナタの前に立っている」

復讐の相手は、富田ヒイロや灰谷ユズルではない。
真の黒幕でなければ、ボクの気持ちは決して晴れはしない。
ボクは声を張った。

「比津議員――十七歳の少年を雇い、テロを計画したのはアナタですね？」

ボクの言葉を、比津は「何を根拠に？」と嘲笑《あざわら》った。まるで相手にしていないかのように口元を歪める。

ボクは包丁を強く握りしめた。

「爆弾の実行犯が、雇い主の声と、アナタの声が似ていたと口にした。今頃、逮捕されて、まったく同じ証言をしているはずでしょう」

「声が似ていることが根拠？　無茶苦茶です」比津は首を横に振る。「真実が不可欠、と述べながら、自ら行うことは根拠不確かなレッテル貼りですか。話にならない」

「ボクは質問しているだけです」

「偏った質問は、嘘を広めることと変わりませんよ」

「そうですね。ですが、嘘なら、アナタだってついているでしょう？」

比津が眉をひそめる。不愉快そうな顔だ。

「ボクとアナタはとっくに会っている。なのに、なぜ初対面のフリをするんです？」

「記憶にないからです」心外だと言わんばかりに彼は主張する。「言ったでしょう？　私は一日に何十人、何百人と会うんです。覚えきれるわけがない。それを嘘と言うのは、強引です」

「ボクのことなんて、覚えていないと？」

「ええ、覚えていません。まさか覚えていない証拠を出せ、と言う気ですか？」

比津は勝ち誇ったような笑みを見せる。

当然だ。

普通、こんなものは水掛け論になってしまう。議員と重要人物が会ったか、会っていないかなんて、よくニュースでも取り上げられる。まさか自分がそんな追及をすることになるなんて。

「証拠を出せ、なんて言いませんよ」ボクは首を横に振った。「もちろん、ボクが証拠を出す側ですから」

ボクはアズサに指示を出した。彼女は命令されて仕方なくといった態度を保ったまま、タブレットを取り出して、その音声を流した。

『安藤さんは見ていないんです。「どうして少年法が変わらないんだ」と私に訴えた渡辺篤人の表情を。綺麗事じゃ済まされない、被害者の応報感情をアナタは知っているはずだ。正しくなかろうが、世論を厳罰化に誘導するべきだ。誰よりも早く渡辺篤人を追ったアナタにしかできない。今回の事件は、大幅な改正を行うチャンスなんだ』


アズサがタブレットを突きつける。ボクが比津を睨む。

比津の目が見開かれる。小さな呻き声を漏らした。

「昨日の時点での、とある週刊誌記者と比津の音声記録です」

それは、アズサが安藤さんからもらってきたデータだった。

比津修二がボクのことを覚えていた決定的な証拠だ。

「不都合だったんですね。昨年の九月、テロリストと事前に会っていたなんて、印象が悪いから隠したかったんですね」

ボクは口にする。

「アナタにとって、ボクの存在は政治生命を断つ爆弾みたいなものだから」

分かれ目は、比津とボクが対面した時の会話だ。もし比津が、ボクと一度会ったことを既に認めていたなら、ボクは追い詰められていただろう。

「軽蔑します。真実を歪め、世論を扇動してでも、自身の欲望通りに法を変えようという手法には」

比津の顔は赤くなっていた。

「だから、なんだというんですか？」比津の声が大きくなった。罵声に近い。「嘘の一つや二つ吐けば、犯罪者とでも？　結局、私が十七歳の少年を雇って、テロを計画した証拠にはならない。まったく無関係のことだ！」

正論だった。

ボクの限界を見抜いた見事な指摘だった。

「そうですね……結局、ボクは確たる証拠には、辿り着けませんでした。アナタに必要以上に、悪い印象を植え付け、事態を混乱させることは望みません」

ボクは目を伏せる。

これ以上、比津を追い詰める証拠は持っていない。

結局、国会議員の汚職を暴ける力などボクは持ち合わせていない。仕方ないことだ。

でも、もういい。たった一瞬でも、比津の動揺を誘えれば十分だ。

「ボクの要求は一つです。調べてください。もしボクの言葉が完全に的外れなら、裁いてもらって構わない。実行犯とその雇い主の関係を、調べ尽くし、この爆破事件の真相を暴いてください」

語っているうちに涙が出てきた。

演技ではなかった。自然と流れ出ていた。

「誰に語っているんです？」

比津が尋ねる。

ボクは胸ポケットからスマホを取り出した。

「ネットで配信しているんです、この会話の内容全てを」

比津が、口を開けて固まる。全て理解したのだろう。

配信を開始したのは、比津がボクの前に現れた直後からだ。

きっと、この配信を何万人も超える人間が聞いているだろう。

その人々に、ボクは必死に呼びかける。

「ボクが語ったことの詳細は、週刊リアルのホームページ上に載せられます。爆破テロ後のアナタの言動、テロの実行犯である少年の証言もある。その疑惑を追及してほしい。お願いします」

熱い想いがこみ上げてくる。

ボクは、テロリストだ。要求を高らかに主張する。

この世界を全てぶっ壊す。ボク自身が爆弾となって、全てを吹き飛ばすんだ。

もう止められなかった。ボクは思いっきり叫んだ。

「ボクは、真実を知りたい！　祖母と妹が、焼き殺されたんだ。けれど、検察は捜査をしてくれなかった。実行犯が十四歳未満という理由だけで！　検察官が関われなかった。真犯人を暴けなかった！　ボクは！　全部知りたかった。ボクは、事件に関わる全ての情報を手に入れたかった！　そうじゃなきゃ！　どこにも進めないんだ！　復讐で心が救われる？　ふざけるなよ！　復讐を選ぶ余地さえ、今のボクには与えられていなかったんだよ！　厳罰？　それで全てが解決すると思うなよ。加害者が実名報道されて、たとえ、放火の実行犯が自殺しようとな！　誰が本当の悪人か分からなきゃ納得できるわけねぇだろうが！」

何度も何度も夢を見た。

ボクは、あの日のことを思い出した。

幸せで特別な思い出になるはずだったあの日。そんな幸福はボクの手から零《こぼ》れ落《お》ちて、悪意の炎が、ボクから全てを奪った。目の前に突き付けられた現実を信じられなくて、ボクの中で何かが壊れていき、根底からボクを狂わせていった。

「ボクの家族が狙われたのは、妹が山奥に花を摘みに行ったからだ。そこで今回のテロに使う爆弾の実験現場を目撃した。その口封じのために翌日ボクたちの家は火を放たれた。ボクの誕生日の夜だった」

誕生会が終わった夜、家族が眠りについてから、富田ヒイロは火を放った。

周囲を取り囲む炎から逃げ切れたのは、ボクだけだった。

気がついた頃には、一歩も進めないほど炎が廊下を覆いつくしていた。ボクは逃げ切った先に実夕がいると信じて脱出した。けれど、ボクだけが助かった。

咄嗟にボクが掴んでいたのは、実夕がくれたスノードロップの鉢だけだった。

「妹は、ボクに誕生日プレゼントをあげたくて殺されたんだ――」

肩で息をする。喉が壊れそうで、涙で前も見えなくなって、頭に血が上りすぎたのか、意識が混濁してくる。

公園は、水を打ったように静まり返っていた。

拍手も、歓声も、野次もない。

静寂に包まれていた。

訴えるべきことは訴えた。でも、まだ終わりじゃない。

ボクは片腕で、アズサを引き寄せた。

SATの隊員に緊張が走るのが分かった。彼らは腰を落として、ボクに突撃する意志を向けた。

約束の十分が経つだろう。そろそろ引き際だ。

「真実を知りたい」ボクは最後の言葉を言い終えた。「それがボクの望みだったんだ」

拡声器をそっと手放した。スマホも前方に放り投げる。これでボクの言葉は、アズサ以外には届かない。

彼女の耳元でボクはそっと呟いた。

――アズサ、ごめん。やっぱり、キミとの約束は果たせない。

アズサが何か呻いた。

アズサが何かを告げる前に、ボクは彼女の身体を強く突き飛ばした。彼女の身体は軽くて、簡単にボクから離れていく。

ずっと握っていた包丁の切っ先を、自分の喉元に向ける。

保険というやつだ。

実際のところ、自分の言葉が人々に聞き入れてもらえるかなんて、今のボクには確かめる術《すべ》がない。

犯罪者の妄言だって嘲笑《わら》われてお終《しま》い、そんな結末だってあり得そうだ。

もし、そうなら最悪だ。比津の悪事を暴けず、灰谷ユズルは世紀の凶悪犯罪者として逮捕されて、そうなれば、アズサの人生は――。

無惨な結末を想像するだけで、ボクは涙が零れそうになる。


でも、大丈夫。

十五歳の少年が自殺する直前で訴えた言葉なら、きっと聞き入れてもらえる。


ボクは、テロリストだ。

最後の最後まで、ボク自身が世界を吹き飛ばす爆弾でなくてはいけない。

周囲もボクの行動を察したのだろう。

警官の罵声が聞こえた。ＳＡＴの隊員が駆け込んでくる。

顔を上げると、比津が呆然としていてその力ない顔が見えた。大衆の中には、声を張り上げている安藤さんの姿があった。

アズサは地面に座り込んで、目を丸くしている。

喉元に包丁を突き立てる寸前、手に何かが舞い降りた。

雪だった。

東京に初雪が舞い降りたらしい。

その白さに、ボクはアズサの言葉を思い出した。彼女は最後の最後まで、スノードロップの伝承を与えてくれた。

雪に色を与えた心優しい花。

彼女の言葉通りだ。黒く塗り潰された暗闇の中でもがくボクに希望を与えてくれた。

ボクにとっては、死の象徴も間違ってなかったのかもしれないけれど。

伝承通り、ボクの遺体が、スノードロップの花となるなら、どれだけ美しいだろう。

ボクは包丁を握る手に力を込めた。

ボクの名前を叫ぶアズサの声が最後に聞こえた。

エピローグ

突然、編集長から打診された。

事件から一年経った時点の総括をしろ、という。

事件とは、渡辺篤人が関与したテロのことだろう。言わないでも分かる。安藤は今や事件の真相にいち早く気がつき、渡辺篤人に寄り添った記者として認知されていた。業界から多大な注目を受けている。この状況を編集長が利用しない訳がない。

安藤は自身のデスクで、一年前のことを思い出す。

・・・

渡辺篤人は、無数の警官に囲まれ、自身の想いを打ち明けた後、すぐにアズサを解放した。その後、灰谷アズサに向けていた包丁を自身の喉元に向けた。ＳＡＴが止める前に、彼は包丁を突き立てた。

日本中を震撼させたテロは、そうして終結した。

ワイドショーはしばらく特集を組み続けた。

直後、渡辺篤人の逮捕や生い立ちを扱い続けたニュースは絶えなかったが、次第にその対象は比津に移り変わった。事件から一か月が経つ頃には、彼の不祥事が取り上げられるようになった。

反対に、渡辺篤人は英雄として紹介され始めた。

呆れるような、見事な手のひら返しである。

残念ながら、世間はそんな反転についていけていないようだ。未だ爆弾テロの実行犯は、渡辺篤人だと思い込んでいる人も多いし、渡辺篤人が報道関係者に手を回しているという陰謀論を唱える者もいた。かと思えば、ネットの片隅には、渡辺篤人のファンサイトまでできた。自己犠牲の末、テロを阻止し、黒幕を暴いたイケメン高校生という触れ込みだ。

渡辺篤人に関する噂が、今後風化するのか、それとも、思わぬ広がりを見せるのか、安藤にも分からなかった。

渡辺篤人がもたらした影響の一つに、少年法改正のデモが起こったことがあった。

意外だった。

少年法改正のデモなんて、安藤の記憶にはない。極めて珍しいデモ行進だ。

渡辺篤人の言葉が、ネットでそのまま配信されたのがよかったのだろう。彼の肉声がマスメディアを通してではなく、直接、届けられた影響は大きかった。

デモの動員数は、主催者発表では三千人。決して大規模とは言えないが、全国から人が集まった。今後増える可能性だってある。

爆破事件が起こった新宿の街で行われたデモには、どこか品があった。

十七歳未満の死刑や少年法廃止といった過激なシュプレヒコールはなかった。彼らの要求は、比津が語った実名報道でもない。訴えたのは、少年事件の検察関与の拡大だ。厳罰の意味合いもあるだろうが、デモで叫ばれたのは、もっと別の言葉だった。

『真実なくして更生なし』『真実なくして和解なし』というのが、彼らの標語だ。

渡辺篤人が使用した『真実』という言葉を引用したようだ。

十五歳のテロリストが訴えた言葉が、僅かでも世界を動かした証左だった。

・・・

安藤はパソコンに向かって、文字を打ち込んだ。

『少年法改正の議論において、実名報道や処分の軽重ばかりに目を向けがちであるが、被害者団体等は厳罰だけでなく、検察が関わり、責任の所在を明確にする意義を常々主張している。少年Wの切実な言葉は、その主張を改めて世に知らしめた』

文章が堅いか。これでは大衆受けしない。

惹《ひ》き付《つ》ける文句はないか、と考えて、渡辺篤人を示す言葉を考える。

『小さなテロリストが、世界を変えた』

見出しは、これがいいだろう。

行動を止めることなく、何度も壁にぶつかり、戦い続けた彼に相応しい。

見出しと記事の方向性は決まった。だが、やはり読者を惹き付けるには、不十分に思える。新情報がほしい。渡辺篤人に関する何かが。

安藤はパソコンを落として、身体を伸ばした。

仕方ない。記者らしく足で地道にかき集めてくるか。

灰谷アズサに連絡を取ることにした。

灰谷アズサは事件以降、関東から離れた地に引っ越した。

安藤が喫茶店で待っていると、彼女は時間通りにやってきた。落ち着かないのか、視線を動かしている。普通の女子高生が立ち入らないような高級な店にしたせいだろう。客と客の間が、大きくとられた店内の方がいいとの考えからだが、彼女に余計な緊張を与えたらしい。

灰谷アズサは、安藤に一礼してソファに腰かけた。メニューの値段を見て、財布の中身を確認し始めた。安藤が「奢《おご》るから気にしなくていい」と伝えた。

「その様子だと、あまり取材には慣れていないのかな？」

「そうですね」と灰谷アズサは頷いた。「兄さんが逮捕された直後は、マスコミが押しかけてきましたけど、二回も引っ越すと、ようやく静かな生活を送れるようになりました」

「二回か。大変だったね」

「きっとマシですよ。もしテロに死者が出て、あるいは、比津の行為を暴かなければ、どこまで逃げても追い回されていたでしょうね」

今マスコミに注目されているのは、比津元議員の刑事裁判の行方だ。

実行犯の少年への関心は、日ごとに薄れているように感じられた。

「高校では噂になってないかい？」

「さぁ。実は、私、高校浪人することにしたんです。春から通います。普通の人より、一つ年上の高校生活ですね」

彼女は、現在の生活について説明してくれた。

まったくの新天地でも、母親とはうまく二人暮らしができているようだ。彼女もバイトで生活費を稼ぎつつ、自学自習に取り組んでいるようだ。春からの高校生活には不安もあるが、友達ができるかもと期待しているようだった。

春からの生活に夢見る彼女の表情は、明るく、穏やかだった。

廃工場で会った時のような冷たい瞳はそこにはない。

しばらく雑談を続けた後で、安藤は切り出した。

「答えたくない質問かもしれないけど、キミのお兄さんのこと、教えてくれるかな？」

灰谷ユズルは、少年審判では事件の重大性から逆送致となり、起訴されて刑事裁判にかけられた。現在は裁判途中だが、いずれ不定期刑が下されるだろう。

灰谷アズサの表情から、笑みが消えた。

「私は、一度だけ面会をしました。元気はなく、母さんが体調を気遣うと、呻くように答えるだけでした。正直、反省しているのかもまだ分かりません。私はただ『更生してほしい』とは伝えましたが、それにもただ頷いただけで、果たして本心かどうか分かりません」

「更生か」

「正直、私の本音は、一生塀の中にいてほしい、という気持ちですよ。けれど、そうはいかないんでしょうね。私はこの先も兄と向き合いながら生きていくんでしょう」

灰谷アズサはコーヒーカップをそっと口に運んだ。

発言自体は健気《けなげ》だが、口で言うほど単純な話ではないだろう。

灰谷アズサは微笑んだ。

「時々、哀れみの目で見られますよ。兄なんか見捨てて、自由に生きればいいのにって」

哀れみの視線を送ったつもりはないが、感情が伝わったらしい。

安藤はコーヒーを一口飲んだ。

灰谷アズサは、まっすぐ安藤を見つめてきた。

「妹だからではありません。ただ、私がそうしたいから。兄から逃げず、被害者の人にどう償えるのか、考えていこうと思います。それは、私にしかできない役目だから」

安藤は、灰谷アズサが口にした内容を一言一句漏らさず手帳に書き留めた。

取材を終えて、帰社すると、どこか編集部内が騒がしく見えた。

編集長のデスクに人だかりができている。

また事件が起きたのだろうか。少年犯罪じゃないだろうな。

近づいていくと、編集部内の人間が一斉に安藤を見た。まるで安藤の登場を待ち望んでいたように。

どうしたのか。安藤が見つめ返すと、同僚の一人が「安藤さん、これ」と封筒を差し出してくる。

差出人の名前は書いてない。

すぐに開封する。中には、一枚の便箋が入っていた。

『一度だけ会ってくれませんか？　渡辺篤人』

丁寧な文字で書かれていた。

編集部内がざわついていた理由が分かった。

まさか彼の方からコンタクトがあるなんて。

そう、渡辺篤人は、生き延びたのだ。

彼の自決は、失敗に終わった。

確かに、彼は自身の喉元に包丁を突き立てた。安藤も、彼の喉元に包丁が当たる瞬間を見た。だが、彼は手を止めた。喉元に押し込まれることなく、そのまま取り押さえられた。

その後、少年審判により彼に下った処分は、児童自立支援施設送致。

十五歳の少年には珍しい決定だ。

渡辺篤人は世間の喧騒《けんそう》から離れた場所に隔離されている。

東京から遠く離れた地に、その施設はあった。県庁所在地から更に電車に一時間乗って、その後もバスに乗る。人気の少ない山の中に、ひっそりと建っていた。遠くから見ると、普通の中学校のようにも見える。

安藤は受付で名乗り、しばらく待った。家族以外の人間と面会できるという話は聞いたことがないが、特別に許可が下りたのだろうか。だとしたら、渡辺篤人は随分と職員に信頼されているようだ。

そういえば結局あのテロの最中、直接彼と話せなかったことを安藤は思い出した。比津、灰谷ユズル、灰谷アズサ、事件の渦中にいる人物に会っていながら、結局、一番の中心人物とは一言も会話をしていない。

「安藤さん」と声がかけられた。

目の前には、渡辺篤人が立っていた。

事件前より身長が大きく伸びて、大人っぽい顔立ちになっていた。安藤は、その穏やかな表情に驚いた。安藤の印象にあったのは、悲しみと怒りが籠ったような目だ。けれど、今の渡辺篤人は、朗らかな笑みを浮かべていた。

「会うのは、少年犯罪被害者の会以来ですよね」

「あぁ、久しぶり。喉の怪我は大丈夫かい？」

「ええ」彼は頷いた。「深く刺さっていなかったんです。表面を傷つけて終わり」

渡辺篤人が「歩きながら話しましょうか」と提案したので、二人は自然溢れる敷地内をゆっくり進んだ。

途中、渡辺篤人は施設内の出来事を語ってくれた。

「花を育てる時間があるんですよ。好きな植物を選ばせてくれる代わりに、毎日、自分がしっかり世話をするんです。ボクは、元々育てていた花があったので、送ってもらいました」

元々、話し好きなのかもしれない。

彼は楽しそうに会話を続ける。

安藤は相槌を打ちながら、話を切り出す機会を待っていた。

「あのな、篤人君。俺は君に一個、謝らなくちゃいけない」

「なんです？」と渡辺篤人は尋ねた。

「灰谷ユズルが少年院から出た後、彼の更生を邪魔したのは俺なんだ。俺が記事を書いて、彼は失踪した」

その後、比津と繋がった灰谷ユズルは、渡辺篤人の家族を奪った。

灰谷ユズルの悪行を庇う気はない。けれど、安藤は責任の一端を感じていた。

「知っていました。アズサから聞きました」思いの外、渡辺篤人の反応は冷静だった。

「だから、その記事を書いた経緯を安藤さんの口から教えてくれませんか？　全て知りたいんです」

「経緯？」

「許すことも、憎むことも、復讐することも、反省させることも、まずは全てを知らなきゃ決断できない」

「君らしい言葉だな」と安藤は笑う。

「カッコつけました」渡辺篤人は頭を下げた。「『反省させる』って言い方は、偉そうですよね。すみません」

安藤は自身の恋人と灰谷ユズルの関係についてできるだけ詳細を語った。

途中、渡辺篤人は黙っていた。

一言たりとも言葉を発しなかった。

安藤が全てのことを語り終えると、渡辺篤人は大きく息を吐いた。

「分かりました。悪いのはユズルだということは理解していますが、やっぱり心にはモヤが残りますよね。安藤さんが記事を書かなければ、別の未来があったかもしれない。でも、ボクは安藤さんにお願いする立場です。あまり強くは言えません」

渡辺篤人は、そこで一瞬の間を置いた。

「教えてください。アズサは、今、元気ですか？」

「彼女は事件後、転居したそうだ。引っ越した先では、まだ事件の噂は流れていない。何事もなく生活を送っている。世間の関心は、灰谷ユズルから比津に向いている。しつこく追い回されることもないだろう」

安藤はその後、灰谷アズサと出会った時の印象などをできるだけ細かく伝えた。

「そうか、よかった」と渡辺篤人は息をついた。

彼は嬉しそうに目を細めている。

安藤は尋ねた。

「どうして本人に直接連絡をとらない？　手紙くらい送れるだろう？」

渡辺篤人は、灰谷アズサの転居後の住居を知らされているはずだ。

けれど、灰谷アズサいわく、渡辺篤人からの手紙は一通も来ないという。

渡辺篤人は、息を吐いた。

「ボクは、彼女に嘘をついていたから」

最初なんのことか分からなかった。

だが、彼の陰鬱な表情を見ている内に、察しがついた。

「もしかして、自殺しようとしたことか？」

「彼女には、伏せていました」渡辺篤人は自嘲するように笑った。「ボクは最初から死ぬ気だった。家族が亡くなっているのに、ボクだけが生きているのはズルいから」

安藤の中でひっかかっていたものが、その呟きでようやく腑に落ちた。

渡辺篤人が顔と名前を日本中に晒した理由だ。もちろん、少しでも確実にテロを阻害したい動機もあっただろう。だが、それだけでなく、彼はずっと破滅願望を持ち続けていたようだ。

しかし、彼は自殺の手を止めた。

渡辺篤人が包丁を突き立てる瞬間、必死に彼の名を叫んでいた人物には、心当たりがあった。

「君を変えたのは灰谷アズサか？」

安藤は言葉を続けた。

「俺にはどうにも君とアズサの関係が分からない。友達か、復讐相手か、利用できる駒か、妹の代わりか、それとも、恋人なのか。実際はどうなんだ？」

「自分でも分かりません」

渡辺篤人は小さく首を横に振った。

「ボクは、富田も、比津も、灰谷ユズルも許していません。一生憎むでしょう。いつか刺し殺してしまう可能性だってある。だから、アズサがなんなのか、分からなくなる。僕は被害者家族で、彼女は加害者家族だ。彼女といた時は、ボクは感情が乱れていた。冷静になった今、ボクにとって彼女がなんなのか」

安藤はつい笑いそうになった。

冷やかすつもりはなかった。ただ、渡辺篤人の思わぬ一面に頬が緩んだ。

「忘れそうになるけど、君は思春期なんだな」

「当然でしょう」拗《す》ねたように渡辺篤人が口にする。

そうだ、渡辺篤人はまだ十六歳だ。

ただでさえ、人との接し方に悩む年頃だろう。それが異性ならば、なおさらだ。

「けれど、君はいずれ整形手術を受けるんだろう？　今の顔のうちに、アズサと会いたいとは思わないのか？」

「それはそうですけど」

渡辺篤人は頭を抱えて、唸りだした。

職員から説明されたことだ。今後、渡辺篤人は整形手術を受けて、改名もするという。成長期の身体の変化も合わされば、まったくの別人として人生を送ることも可能かもしれない。

「そうですね」と渡辺篤人は優しい声で呟いた。「……やっぱりボクは、二人で辿り着きたかったんだ。アズサと約束した場所に」

安藤は手を打った。

「よし、わかった。じゃあ、職員に説明してくれ。俺はアズサを呼んでくるよ」

渡辺篤人が「え」と口にして、目を丸くする。

安藤は彼の背中を叩いた。

「施設の外に待たせているんだ。連れて行ってくれって聞かなくて」

安藤が気を遣って灰谷アズサに連絡したところ、彼女は希望を強く訴えてきた。一度は、安藤も断った。だが、彼女の意志は強かった。週刊リアル編集部にまで電話をかけてきたのだ。その後、たまたま電話をとった荒川となぜか意気投合すると、荒川からも説得された。結局、安藤は灰谷アズサも連れて行くことにした。

だが、その判断は間違っていなかったようだ。

施設の職員は、特例として面会を許可してくれた。

外で待っていた灰谷アズサは待ちきれなかったように、駆け出した。

灰谷アズサはすぐに渡辺篤人の前に辿り着いた。渡辺篤人は気まずそうに目を伏せる。

その後、二人は並んで歩いた。ベンチに辿り着くと、腰かける。

最初、二人の会話はたどたどしかった。

けれど、次第に話し声は大きくなり、二人は笑顔を見せるようになる。

会話の内容は、安藤の気になるところだった。

が、聞かない方がいいよな、と安藤は苦笑した。

さすがに二人の間に立ち入ろうとは考えない。遠くから見つめることにした。

二人は楽しそうに会話を続け、やがて花壇を見つめた。

渡辺篤人が育てた花なのだろうか。

ベンチの前には、スノードロップが咲き誇っていた。

冷たい風が吹いて、安藤はポケットに手を入れた。寒空の下、屋外のベンチで二人がその花を見続けている理由が安藤には分からない。

きっと二人しか知らない物語があるんだろう。

安藤は、二人の背中を見守り続けた。

あとがき

この物語を書くにあたり、以下の本などを参考にさせていただきました。

『話を、聞いてください―少年犯罪被害当事者手記集』（少年犯罪被害当事者の会著／サンマーク出版）
『少年法入門 第6版』（澤登俊雄著／有斐閣ブックス）
『なぜ君は絶望と闘えたのか―本村洋の3300日』（門田隆将著／新潮社）
『「悪いこと」したら、どうなるの』藤井誠二著／理論社）
『少年と罪――事件は何を問いかけるのか』（中日新聞社会部編／ヘウレーカ）
『闇を照らす―なぜ子どもが子どもを殺したのか』（長崎新聞社報道部少年事件取材班著／長崎新聞社）
『犯罪被害者と少年法　被害者の声を受けとめる司法へ』（後藤弘子著／明石書店）
『少年「犯罪」被害者と情報開示』新倉修編著／現代人文社）
『加害者家族』鈴木伸元著／幻冬舎）
『「家栽の人」から君への遺言　佐世保高一同級生殺害事件と少年法』（毛利甚八著／講談社）

『福田君を殺して何になる―光市母子殺害事件の陥穽―』（増田美智子著／インシデンツ）

中でも『話を、聞いてください―少年犯罪被害当事者手記集』は執筆中、何度も読み直しました。この本を通し、少しでも少年犯罪の実態等に興味を持たれた方は、ぜひ読んでみてください。

この本は、二〇一九年一月現在の法制度を下に執筆しました。

特に、冒頭で登場人物たちが触れている少年法の適用年齢引き下げに関しては、現在、法制審議会などで議論されている論点です。この本の発売後に、改正される、あるいは、改正が中断されるかもしれません。ご承知ください。

この物語を書くきっかけをくれた方、また本書を刊行するにあたりご協力いただいたすべての方へ、そしてお読みくださった読者の皆様に、大きな感謝を込めて。

松村涼哉《まつむらりようや》

本書は書き下ろしです。

メディアワークス文庫

15歳《さい》のテロリスト

松村涼哉《まつむらりょうや》

2019年3月23日　初版発行
2025年4月5日　47版発行

発行者　山下直久
発行　株式会社KADOKAWA
〒102-8177　東京都千代田区富士見2-13-3
0570-002-301（ナビダイヤル）
装丁者　渡辺宏一（有限会社ニイナナニイゴオ）
印刷　株式会社KADOKAWA
製本　株式会社KADOKAWA

●お問い合わせ
https://www.kadokawa.co.jp/（「お問い合わせ」へお進みください）
※内容によっては、お答えできない場合があります。
※サポートは日本国内のみとさせていただきます。
※Japanese text only

※定価はカバーに表示してあります。

Printed in Japan
ISBN978-4-04-912396-8 C0193

メディアワークス文庫　https://mwbunko.com/

本書に対するご意見、ご感想をお寄せください。

あて先
〒102-8177　東京都千代田区富士見2-13-3
メディアワークス文庫編集部
「松村涼哉先生」係